O RUÍDO DO TEMPO

JULIAN BARNES

O RUÍDO DO TEMPO

Tradução de
Léa Viveiros de Castro

Título original
THE NOISE OF TIME

Copyright © Julian Barnes, 2016

Julian Barnes assegurou seus direitos de ser identificado como autor desta obra em conformidade com o Copyright, Designs and Patents Atc 1988.

Direitos para a língua portuguesa reservados
com exclusividade para o Brasil à
EDITORA ROCCO LTDA.
Av. Presidente Wilson, 231 – 8º andar
20030-021 – Rio de Janeiro – RJ
Tel.: (21) 3525-2000 – Fax: (21) 3525-2001
rocco@rocco.com.br
www.rocco.com.br

Printed in Brazil/Impresso no Brasil

preparação de originais
CLARICE GOULART

CIP-Brasil. Catalogação na fonte.
Sindicato Nacional dos Editores de Livros, RJ.

B241r

Barnes, Julian
  O ruído do tempo / Julian Barnes ; tradução de Léa Viveiros de Castro. – 1. ed. – Rio de Janeiro: Rocco, 2017.

  Tradução de: The noise of time
  ISBN 978-85-325-3048-6 (brochura)
  ISBN 978-85-8122-673-6 (e-book)

  1. Ficção inglesa. I. Castro, Léa Viveiros de. II. Título.

16-36075   CDD: 823
                                    CDU: 821.111-3

O texto deste livro obedece às normas do
Acordo Ortográfico da Língua Portuguesa.

Para Pat

Um para ouvir
Um para lembrar
E um para beber.

dito popular

Isto aconteceu no meio da guerra, na plataforma de uma estação tão monótona e empoeirada quanto a planície sem fim que a cercava. O vagaroso trem saíra de Moscou dois dias antes, seguindo na direção oeste; pela frente, tinha mais dois ou três dias de viagem, dependendo do carvão e do movimento das tropas. Havia acabado de amanhecer, mas o homem – na realidade, apenas meio homem – já ia na direção dos vagões, sentado num carrinho baixo com rodas de madeira. A única maneira de pilotar a geringonça era impulsionar o corpo para a frente; para evitar um desequilíbrio, uma corda passava por baixo do carrinho e ficava amarrada à sua cintura. O pedinte tinha as mãos enfaixadas com tiras escuras de pano, e a pele curtida de tanto mendigar em ruas e estações.

Era filho de um sobrevivente da guerra anterior e, abençoado pelo padre da aldeia, também tinha ido lutar pela pátria e pelo czar. Quando voltou, padre e czar haviam morrido, e a pátria não era a mesma. A esposa gritou ao ver o que a guerra fizera com o marido. Agora havia outra guerra, e o mesmo invasor estava de volta, só que os nomes não eram mais os mesmos: nomes dos dois lados. Mas nada mais tinha mudado: rapazes ainda eram destroçados por armas de fogo, depois retalhados grosseiramente por cirurgiões. As próprias pernas daquele homem tinham sido amputadas num hospital de campanha no meio de árvores quebradas. Tudo por uma boa causa, como tinha sido da outra vez. Ele não dava a mínima. Os outros que discutissem sobre isso; sua única preocupação era chegar ao fim de cada dia. Tinha se tornado um técnico em sobrevivência. Depois de certo ponto, era isso que todos os homens se tornavam: técnicos em sobrevivência.

Uns poucos passageiros desceram para respirar o ar empoeirado; outros estavam com os rostos encostados nas janelas dos vagões.

Depois de se aproximar, o mendigo começava a cantar aos berros uma canção obscena. Alguns passageiros talvez dessem um ou dois copeques pela diversão; outros pagariam para que fosse embora. Alguns, de propósito, faziam as moedas caírem de lado, rolando, e riam quando o pedinte ia atrás delas, dando impulso com os punhos no chão de concreto da plataforma. Isto às vezes fazia com que outras pessoas, por pena ou vergonha, entregassem o dinheiro nas suas mãos. Ele só via dedos, moedas e mangas de casacos, e era imune a insultos. Este foi o que bebeu.

No vagão da primeira classe, os dois homens viajavam na janela tentando adivinhar onde estavam e por quanto tempo ficariam ali: minutos, horas, talvez o dia todo. Nenhuma informação fora dada, e eles sabiam que não deviam perguntar. Qualquer um que indagasse sobre o movimento de trens – mesmo um passageiro – poderia ser considerado um sabotador. Os homens tinham cerca de trinta anos, idade suficiente para ter aprendido essa lição. O que ouviu era magro e nervoso, de óculos; em volta do pescoço e dos pulsos usava amuletos de alho. O nome do companheiro de viagem se perdeu na história, embora ele fosse quem se lembrou.

O carrinho com o meio homem a bordo agora rolava barulhentamente na direção dos dois. Após cantar, aos berros, alguns versos alegres sobre um estupro em uma aldeia, o cantor parou e fez o sinal de comer. Em resposta, o homem de óculos levantou uma garrafa de vodca. Um gesto de cortesia inútil. Quando foi que um mendigo recusou vodca? Um minuto depois, os dois passageiros se juntaram a ele na plataforma.

E então havia três, o número tradicional para beber vodca. O de óculos ainda segurava a garrafa; seu companheiro, três copos. Após preenchê-los, os dois viajantes se inclinaram e fizeram o tradicional gesto à saúde. Encostaram os copos em um brinde; o sujeito nervoso inclinou a cabeça para o lado – o sol da manhã refletiu brevemente em seus óculos – e murmurou uma observação; seu amigo riu. Em seguida, tomaram a vodca de um gole só. O mendigo ergueu o copo querendo mais. Serviram mais uma dose, pegaram o copo de volta *e tornaram a entrar no trem. Grato pelo calor do álcool correndo pelo corpo estropiado, o mendigo fez o carrinho rolar na direção de outro grupo de passageiros. Quando os dois homens voltaram para os assentos, o que tinha ouvido já havia quase esquecido o que dissera. Mas o que lembrou estava apenas começando a recordar.*

Um: No Hall

Tudo o que ele sabia era que esta era a pior hora.

Estava parado ao lado do elevador havia três horas. Fumava o quinto cigarro, tinha a mente a mil.

Rostos, nomes, lembranças. O musgo pesava em sua mão. Aves aquáticas suecas esvoaçavam sobre sua cabeça. Campos de girassóis. O cheiro de óleo de cravo. O cheiro quente e doce de Nita saindo da quadra de tênis. O suor escorria de um bico de viúva. Rostos, nomes.

Os rostos e nomes dos mortos, também.

Ele poderia ter trazido uma cadeira do apartamento. Mas de qualquer forma o nervosismo não permitiria que descansasse. E sem dúvida pareceria excêntrico esperar o elevador sentado.

A situação tinha surgido inesperadamente e, no entanto, era perfeitamente lógica. Como o resto de sua vida. Como o desejo sexual, por exemplo. Surgia inesperadamente e, no entanto, era perfeitamente lógico.

Tentou focar o pensamento em Nita, mas a mente não lhe obedeceu. Parecia uma mosca-varejeira, barulhenta e promíscua.

Pousou em Tanya, é claro. Mas depois zumbiu até chegar àquela moça, Rozaliya. Ele ficou vermelho ao lembrar, ou se orgulhou secretamente daquele impróprio incidente?

O apoio do marechal – isso também tinha surgido inesperadamente e, no entanto, era perfeitamente lógico. O mesmo poderia ser dito em relação ao destino do próprio marechal?

O rosto afável, barbudo, de Jurgensen; e, logo então, a lembrança dos dedos da mãe, ferozes, zangados, em volta do seu pulso. E o pai, doce, adorável e irrealista, parado ao lado do piano, cantando "Os crisântemos do jardim já murcharam há muito tempo".

A cacofonia ecoava em sua cabeça. A voz do pai, as valsas e polcas que ele próprio tinha tocado enquanto cortejava Nita, quatro toques de uma sirene de fábrica em fá sustenido, o latido de cães, mais alto do que o som de um fagotista inseguro, uma confusão de percussão e metais debaixo de um camarote oficial revestido de aço.

Esses ruídos foram interrompidos por um que veio do mundo real: o zumbido e o rosnado súbitos das engrenagens do elevador. Agora foi o pé dele que vacilou, derrubando a maleta encostada em sua perna. Ele esperou, subitamente vazio de memória, repleto apenas de medo. Então o elevador parou num andar mais abaixo, e suas faculdades mentais voltaram a funcionar. Ele levantou a maleta e sentiu os objetos guardados mudarem ligeiramente de lugar. Isso fez sua mente saltar para a história dos pijamas de Prokofiev.

Não, não como uma mosca-varejeira. Mais como um daqueles mosquitos em Anapa. Pousava em toda parte, sugava sangue.

Ele tinha pensado, ali parado, que conseguiria controlar a mente. Mas à noite, sozinho, sentia que a mente o controlava. Bem, não há como escapar ao próprio destino, como o poeta nos garantiu. E não há como escapar à própria mente.

Recordou a dor que sentira na noite anterior à cirurgia de apêndice. Vomitara vinte e duas vezes, gritara todos os palavrões que sabia para uma enfermeira, depois havia implorado que um amigo chamasse o soldado para pôr fim à dor com um tiro. Faça ele entrar e atirar em mim para acabar com a dor, tinha implorado. Mas o amigo havia se recusado a ajudar.

Agora não precisava nem de um amigo, nem de um soldado. Já havia voluntários suficientes.

Tudo tinha começado, muito precisamente, ele disse à própria mente, na manhã do dia 28 de janeiro de 1936, na estação de trem de Arkhangelsk. Não, a mente respondeu, nada começa desse jeito, numa certa data e num certo lugar. Tudo começa em muitos lugares e em muitos momentos; algumas coisas até mesmo antes do próprio nascimento de alguém, em países estrangeiros, e na mente de outras pessoas.

E depois, tudo o que podia acontecer em seguida, é que tudo iria continuar da mesma forma, em outros lugares e na mente dos outros.

Ele pensou em cigarros: maços de Kazbek, Belomor, Herzegovina Flor. Em um homem que desmanchava o tabaco de meia dúzia de cigarros dentro do cachimbo, deixando sobre a mesa restos de tubos de papelão e papel.

Será que tudo aquilo poderia, mesmo neste estágio adiantado, ser consertado, posto no lugar, revertido? Ele sabia a resposta: o mesmo que o médico dissera sobre a restauração de seu nariz. "É claro que ele pode ser colocado no lugar, mas eu garanto que vai ser pior para o senhor."

Ele pensou em Zakrevski, e na Grande Casa, e em quem poderia tê-lo substituído. Alguém teria servido. Nunca faltavam Zakrevskis, não neste mundo, do jeito que ele era constituído. Talvez quando o Paraíso fosse conquistado, depois de quase exatamente 200.000.000.000 anos, os Zakrevskis não precisassem mais existir.

Às vezes sua mente se recusava a acreditar no que estava acontecendo. Não podia ser, porque não era possível, como o major disse quando viu a girafa. Mas podia ser, e era.

Destino. Este era apenas um termo grandioso para designar algo a respeito do qual não era possível fazer nada. Quando a vida dizia a alguém: "E então", a pessoa balançava a cabeça e chamava a isso de destino. E, então, seu destino tinha sido o de ser batizado como Dmitri Dmitrievich. Não havia nada a ser feito quanto a isso. Naturalmente, ele não se lembrava do próprio batismo, mas não tinha motivos para duvidar da veracidade da história. A família toda havia se reunido no escritório, ao redor de uma pia batismal portátil. O padre chegou e perguntou que nome os pais pretendiam dar ao recém-nascido. Yaroslav, responderam. Yaroslav? O padre não estava satisfeito. Disse que era um nome muito incomum. Disse que crianças com nomes incomuns sofriam brincadeiras e deboches na escola: não, não, não podiam chamar o menino de Yaroslav. O pai e a mãe ficaram perplexos com aquela oposição tão veemente, mas não quiseram ofender o padre. Que nome o senhor sugere, então?, perguntaram. Um nome comum, disse o padre: Dmitri, por exemplo. O pai respondeu que se chamava Dmitri, e que Yaroslav Dmitrievich soava muito melhor do que Dmitri Dmitrievich. Mas o padre não concordou. Então ele se tornou Dmitri Dmitrievich.

Qual era a importância de um nome? Ele tinha nascido em São Petersburgo, tinha sido criado primeiro em Petrogrado e depois em Leningrado. Ou em São Leninsburgo, como às vezes gostava de chamar a cidade. Qual era a importância de um nome?

Ele tinha trinta e um anos. Sua esposa Nita estava deitada a poucos metros de distância, ao lado da filha dos dois, Galina. Galya tinha um ano. Nita parecia estável havia algum tempo. Ele nunca achara que tudo aquilo era fácil. Sentia emoções fortes, mas nunca tinha aprendido a expressá-las. Mesmo num jogo de futebol, raramente gritava e perdia o controle como as outras pessoas; se contentava com a observação calma da habilidade de um jogador ou da falta dela. Alguns achavam que se tratava da típica reserva formal de um leningradense; mas por cima disso – ou por baixo – ele sabia que era uma pessoa tímida e ansiosa. E com as mulheres, quando perdia a timidez, oscilava entre o entusiasmo absurdo e o desespero enlouquecido. Era como se estivesse sempre no ritmo errado.

No entanto, mesmo assim, a vida tinha finalmente adquirido alguma regularidade, e com isso o ritmo correto. Só que agora tudo havia se tornado instável outra vez. Instável: isso era mais do que um eufemismo.

A maleta encostada na perna o fez se lembrar da vez que tentara fugir de casa. Que idade tinha? Sete ou oito anos, talvez. Havia arrumado uma mala? Provavelmente não – a irritação de sua mãe fora imediata demais. Foi num verão em Irinovka, onde seu pai trabalhava como gerente geral. Jurgensen era o faz-tudo da propriedade. Quem fazia coisas e consertava coisas, quem resolvia os problemas de um modo que uma criança conseguia entender.

Quem nunca o mandava fazer nada, apenas o deixava observar um pedaço de madeira se transformar numa espada ou num apito. Quem entregava a ele um pedaço de turfa recém-cortada e o deixava cheirá-la.

Tinha se apegado muito a Jurgensen. Então, quando se aborrecia com alguma coisa, o que acontecia frequentemente, dizia: "Tudo bem então, vou morar com Jurgensen." Uma manhã, ainda na cama, tinha feito esta ameaça, ou promessa, pela primeira vez naquele dia. Mas uma vez foi o suficiente para a sua mãe. Vista-se que vou levá-lo para lá, ela havia respondido. Ele aceitou o desafio – não, não tinha havido tempo de fazer uma mala. Sofya Vasilyevna o puxara firmemente pelo pulso, e os dois começaram a atravessar o campo na direção da casa de Jurgensen. A princípio ele tinha se aferrado à ameaça, caminhando ao lado da mãe. Mas aos poucos sentiu os tornozelos ficarem pesados, e então o pulso, depois a mão começaram a escorregar da mão firme da mãe. Na hora ele achou que estava se soltando, mas agora sabia que a mãe o soltara, dedo por dedo, até ele ficar livre. Não livre para morar com Jurgensen, mas livre para se arrepender, romper em prantos e correr de volta para casa.

Mãos, mãos que escorregavam, mãos que agarravam. Quando era criança, tinha medo dos mortos – tinha medo de que pudessem sair do túmulo e fossem agarrá-lo, arrastando-o de volta para a terra fria e preta, sua boca e seus olhos se enchendo de terra. Esse medo tinha desaparecido aos poucos, porque as mãos dos vivos tinham se mostrado mais assustadoras. As prostitutas de Petrogrado não haviam respeitado sua juventude, tampouco sua inocência. Quanto mais difíceis os tempos, mais vorazes as mãos. Estendendo-se para agarrar o seu pau, o seu pão, os seus amigos, a sua família, o seu ganha-pão, a sua existência. Além das prostitutas, ele tinha medo dos zeladores. Também dos policiais, quaisquer que fossem os nomes que escolhessem para chamar a si mesmos.

*

Mas depois veio o medo oposto: de escorregar das mãos que o mantinham seguro.

O marechal Tukhachevski o mantivera seguro. Por muitos anos. Até o dia em que ele viu o suor escorrer da testa do marechal. Um grande lenço branco, trêmulo, havia enxugado a pele, e ele soube que não estava mais seguro.

O marechal era o homem mais sofisticado que ele havia conhecido. Era o mais famoso estrategista militar da Rússia: os jornais o chamavam de "Napoleão Vermelho". Também era um amante da música, e fabricava violinos de forma amadora; um homem de mente aberta, questionador, que gostava de conversar sobre livros. Na década em que ele se relacionou com Tukhachevski, muitas vezes vira-o percorrer Moscou e Leningrado de noite, com o uniforme de marechal, metade a trabalho, metade por prazer. Misturava política e diversão; conversava e discutia, comia e bebia, satisfeito em mostrar que estava de olho em uma bailarina. Gostava de contar que os franceses haviam lhe ensinado o segredo de tomar champanhe sem nunca ficar de ressaca.

Ele próprio nunca seria tão cosmopolita. Faltava-lhe autoconfiança; talvez, também, interesse. Não gostava de comida complicada e tinha a cabeça fraca para bebida. Mas quando era estudante, quando tudo começou a ser repensado e refeito, antes que o Partido dominasse tudo, desejava ter, como a maioria dos estudantes, uma sofisticação além do que conhecia. Por exemplo, a questão do sexo teve que ser repensada, agora que os velhos costumes tinham desaparecido para sempre; e todos falavam sobre a teoria do "copo d'água". O ato sexual, os jovens sabichões afirmavam, era igual a beber um copo d'água: quando alguém sentisse sede, beberia, e quando sentisse desejo, faria sexo. Ele não era contrário a esse sistema, embora dependesse de as mulheres sentirem tanto desejo quanto eram desejadas. Algumas, sim; outras, não. Mas a analogia era capenga. Um copo d'água não envolvia o coração.

E, além disso, Tanya já havia entrado em sua vida nessa época.

Quando anunciava sua intenção de ir morar com Jurgensen, seus pais provavelmente supunham que ele estivesse reagindo às restrições impostas pela família – até pela própria infância. Pensando nisso agora, não tinha tanta certeza. Havia algo estranho – algo profundamente errado – naquela casa de verão em Irinovka. Como qualquer criança, imaginava que as coisas estavam bem até ser informado do contrário. Dessa forma, foi só quando ouviu os adultos discutirem o assunto, e rirem, que ele percebeu como tudo na casa era fora de proporção. Os cômodos eram enormes, mas as janelas eram muito pequenas. Um cômodo de cinquenta metros quadrados podia ter apenas uma pequena janela. Os adultos achavam que os construtores deviam ter se enganado nas medidas, substituindo metros por centímetros, e vice-versa. Mas o efeito, depois que o problema fora notado, era alarmante para um menino. Era como uma casa preparada para o mais tenebroso dos pesadelos. Talvez fosse disso que ele estivesse fugindo.

Sempre vinham buscá-lo no meio da noite. Então, para não ser arrastado de pijama do apartamento, ou ser obrigado a se vestir na frente de algum homem da NKVD desdenhosamente impassível, ele ia para a cama todo vestido e deitava-se por cima dos cobertores, com uma valise já arrumada no chão ao seu lado. Mal dormia; deitado, pensava as piores coisas que um homem podia imaginar. Seu nervosismo, por sua vez, impedia que Nita dormisse. Cada um ficava deitado, fingindo; fingindo, também, não ouvir e sentir o cheiro do terror do outro. Um dos seus pesadelos recorrentes era de que a NKVD agarrava Galya e a mandava embora – se tivesse sorte – para um orfanato especial, destinado aos filhos dos inimigos do Estado. Lá ela receberia outro nome e uma personalidade nova; seria transformada numa cidadã soviética exemplar, um pequeno girassol erguendo o rosto para o enorme sol que se chamava Stálin. Ele teve, então, a ideia de passar aquelas horas inevitavelmente insones do lado de fora, na frente do elevador. Nita insistiu que tinham que ficar juntos, lado a lado, no que poderia ser a última noite. Mas essa foi uma das raras discussões que ele venceu.

Na primeira noite na frente do elevador, tinha decidido não fumar. Havia três maços de Kazbeki na maleta, e iria precisar deles quando chegasse a hora do interrogatório. E, caso acontecesse, da detenção. Manteve esta decisão durante as duas primeiras noites. Então pensou: e se confiscassem os cigarros assim que ele chegasse à Grande Casa? E se não houvesse nenhum interrogatório, ou apenas um muito breve? Talvez apenas colocassem uma folha de papel na sua frente e o mandassem assinar. E se... não prosseguiu. Mas em qualquer dessas circunstâncias os cigarros seriam desperdiçados.

E então ele não conseguiu pensar em um motivo para não fumar.
E então ele fumou.

Olhou para o Kazbek entre os dedos. Malko tinha comentado uma vez, de um modo simpático, até mesmo apreciativo, que aquelas mãos eram pequenas e "não pianísticas". Malko também tinha dito, menos apreciativamente, que ele não praticava o bastante. Isto dependia do que se desejava dizer com "bastante". Ele praticava tanto quanto precisava. Malko devia se limitar à partitura e à batuta.

Tinha dezesseis anos; estava num sanatório na Crimeia, para recuperar-se de uma tuberculose. Tanya e ele tinham a mesma idade, e haviam nascido na mesma data, com uma pequena diferença: ele nasceu no dia 25 de setembro do calendário gregoriano; ela, no dia

25 de setembro do calendário juliano. Este sincronismo fortalecia o relacionamento dos dois; ou, para dizer de outra forma, eram feitos um para o outro. Tatyana Glivenko, com cabelo curto e cacheado, tão ávida pela vida quanto ele. Foi um primeiro amor, com toda a aparente simplicidade e toda a sina. A irmã dele, Marusya, que os acompanhava, tinha contado para a mãe. Sofya Vasilyevna escreveu, então, uma carta alertando o filho contra aquela moça desconhecida, contra aquele relacionamento – na realidade, contra qualquer relacionamento. Em resposta, com toda a arrogância de um rapaz de dezesseis anos, ele tinha explicado para a mãe os princípios do Amor Livre. Que todos precisavam ser livres para amar como quisessem; que o amor carnal só durava pouco tempo; que os sexos eram inteiramente iguais; que o casamento devia ser abolido como instituição, mas que, se continuasse a existir na prática, a mulher tinha todo o direito de ter um caso se desejasse, e se depois quisesse o divórcio, o homem deveria aceitar e assumir a culpa; mas que, em todas as circunstâncias, os filhos eram sagrados.

Sua mãe não tinha dado resposta a essa explicação da vida, condescendente e piegas. E, em todo caso, ele e Tanya iriam se separar quase na mesma hora em que tinham se conhecido. Ela voltou para Moscou; ele e Marusya, para Petrogrado. Mas escrevia constantemente para ela; os dois visitavam um ao outro; e ele dedicou o primeiro terceto de piano a ela. Sua mãe continuou não aprovando. E então, três anos depois, finalmente passaram aquelas semanas juntos no Cáucaso. Tinham dezenove anos e estavam desacompanhados; e ele acabara de ganhar trezentos rublos em concertos em Kharkov. Aquelas semanas juntos em Anapa... como pareciam distantes no tempo. Bem, tinham acontecido mesmo muito tempo antes – mais de um terço de sua vida havia se passado desde então.

E, então, tudo começara, muito precisamente, na manhã do dia 28 de janeiro de 1936, em Arkhangelsk. Ele fora convidado para dar o primeiro concerto de piano com a orquestra local, sob a regência de Viktor Kubatsky; os dois também tinham tocado a sonata para violoncelo que ele havia composto. Tudo transcorrera bem. Na manhã seguinte, ele fora até a estação de trem para comprar um exemplar do *Pravda*. Tinha dado uma olhada rápida na primeira página, depois virado as duas seguintes. Foi, como diria depois, o momento mais memorável da sua vida. E uma data que ele decidiu lembrar por todos os anos até a morte.

Só que – como sua mente retrucava obstinadamente – nada jamais começa de forma tão precisa. As coisas começam em lugares diferentes e em mentes diferentes. O verdadeiro ponto de partida poderia ter sido a própria fama. Ou a ópera. Ou poderia ter sido Stálin, que, sendo infalível, era responsável por tudo. Ou poderia ter origem em algo tão simples quanto a organização de uma orquestra. Realmente, esse poderia ser, em última instância, o melhor modo de ver as coisas: um compositor, primeiro, denunciado e humilhado; mais tarde, preso e executado – tudo por causa da organização de uma orquestra.

Se tudo começou em outro lugar e na mente de outros, então, talvez, ele pudesse culpar Shakespeare por ter escrito *Macbeth*. Ou Leskov por russificá-lo em *Lady Macbeth de Mtsensk*. Não, nada disso. A culpa, evidentemente, era sua, por ter escrito a peça musical que desagradou. A culpa era da sua ópera, por ter feito tanto sucesso – nacional e internacionalmente –, e por isso ter despertado a curiosidade do Kremlin. A culpa era de Stálin, por ter inspirado e aprovado o editorial do *Pravda* – talvez o tivesse até mesmo escrito: havia erros gramaticais suficientes para sugerir a autoria de alguém cujas falhas jamais poderiam ser corrigidas. Também era culpa de Stálin, por imaginar a si mesmo como um patrono e um conhecedor das artes, em primeiro lugar. Era conhecido por jamais perder uma performance de *Boris Godunov* no Bolshoi. Era quase tão entusiasmado por *Príncipe Igor* e pelo

Sadko de Rimski-Korsakov. Por que não iria querer ouvir aquela nova e aclamada ópera, *Lady Macbeth de Mtsensk*?

E, então, o compositor foi instruído a estar presente na apresentação da própria obra no dia 26 de janeiro de 1936. O camarada Stálin estaria lá; bem como os camaradas Molotov, Mikoyan e Jdanov. Sentaram-se no camarote do governo. Que, por infortúnio, ficava situado logo acima do lugar da percussão e dos metais. Seções que, em *Lady Macbeth de Mtsensk*, não se comportavam de modo modesto e discreto.

Lembrava-se de ter olhado do camarote do diretor, onde estava sentado, para o camarote do governo. Stálin estava escondido atrás de uma pequena cortina, uma presença ausente para a qual os outros eminentes camaradas se viravam de forma bajuladora, sabendo que, por sua vez, eram observados. Dada a ocasião, tanto o regente quanto a orquestra estavam compreensivelmente nervosos. No entreato anterior ao casamento de Catarina, os instrumentos de sopro começaram a tocar em um volume mais alto do que o indicado. E então foi como um vírus se espalhando por cada seção. Se o regente notou, não pôde fazer nada. A orquestra ficava cada vez mais alta; e toda vez que a percussão e os metais rugiam *fortíssimo* abaixo – alto o bastante para quebrar vidraças –, os camaradas Mikoyan e Jdanov estremeciam de forma teatral, se viravam para a figura atrás da cortina e faziam alguma observação jocosa. Quando a plateia olhou para o camarote do governo, no início do quarto ato, viu que estava vazio.

Depois do espetáculo, ele tinha apanhado a pasta e fora direto à Estação Norte para pegar o trem para Arkhangelsk. Lembrava-se de ter pensado que o camarote do governo havia sido reforçado com placas de aço, para proteger os ocupantes de atentados. Mas não havia essa proteção no camarote do diretor. Na época, ele ainda não tinha trinta anos, e sua esposa estava grávida de cinco meses.

*

1936: sempre fora supersticioso a respeito de anos bissextos. Como muita gente, acreditava que davam azar.

A engrenagem tornou a soar. Quando percebeu que o elevador tinha passado do quarto andar, ele pegou a maleta. Esperou as portas se abrirem, a visão de um uniforme, um sinal de reconhecimento, e então aquelas mãos estendidas em sua direção, agarrando-o pelos pulsos. O que era inteiramente desnecessário, dada a pressa em acompanhá-los, em levá-los para longe dali, para longe de sua esposa e de sua filha.

Então as portas do elevador se abriram e era um vizinho, com um sinal diferente de reconhecimento, destinado a não demonstrar nada – nem mesmo surpresa por vê-lo sair tão tarde. Ele inclinou a cabeça em resposta, entrou no elevador, apertou um botão ao acaso, desceu uns dois andares, esperou alguns minutos, depois voltou para o quinto pavimento, onde retomou a vigília. Isto já havia acontecido antes, do mesmo jeito. Nunca trocaram uma palavra, porque palavras eram perigosas. Era possível que se parecesse com um homem humilhantemente expulso de casa pela mulher, noite após noite; ou um homem que abandonava a mulher, noite após noite, e depois voltava. Mas era provável que se parecesse exatamente com o que era: um homem, como centenas de outros pela cidade, à espera, noite após noite, da prisão.

Anos antes, uma vida inteira atrás, no século passado, quando estava no Irkutsk Institute para Moças da Nobreza, sua mãe e duas outras moças tinham dançado a mazurca de *Uma vida para o czar* diante de Nicolau II, então príncipe herdeiro. Ninguém podia, é claro, encenar a ópera de Glinka na União Soviética, mesmo que o tema – o tema moralmente educativo de um camponês pobre que sacrifica a vida por um grande líder – fosse do interesse de Stálin. "Uma dança para o czar": ele se perguntou se Zakrevski sabia disso. Antigamente, um filho podia pagar pelos pecados do pai ou da mãe. Hoje em dia, na sociedade mais avançada da Terra, os pais podiam pagar pelos pecados do filho, junto com tios, tias, primos, sogros, cunhados, colegas, amigos e até o homem que sorrisse distraidamente para alguém ao sair do elevador às três da manhã. O sistema de punição tinha sido aprimorado, e era muito mais abrangente do que costumava ser.

Sua mãe tinha sido a pessoa forte no casamento dela, assim como Nina Vasilyevna, na relação dos dois. O pai dele, Dmitri Boleslavovich, fora um homem amável e abnegado, que trabalhava duro e entregava o salário à esposa, guardando só um pouco para comprar tabaco. Tinha uma bela voz de tenor e tocava piano a quatro mãos. Cantava canções românticas ciganas, canções como "Ah, não é você que eu amo tão apaixonadamente" e "Os crisântemos do jardim já murcharam há muito tempo". Adorava brinquedos e jogos e histórias de detetive. Um novo modelo de isqueiro ou um quebra-cabeça o mantinham entretido durante horas. Não era uma pessoa ativa. Tinha um carimbo de borracha feito sob encomenda e usava-o para carimbar em cada item da sua biblioteca as seguintes palavras, na cor roxa: "Este livro foi roubado de D. B. Shostakovich."

Um psiquiatra interessado em pesquisar o processo criativo uma vez tinha lhe perguntado sobre Dmitri Boleslavovich. Ele respondera que o pai "era um ser humano inteiramente normal". Esta não foi uma expressão complacente: era uma habilidade invejável ser um ser humano normal e acordar toda manhã com um sorriso no rosto. Além disso, tinha morrido jovem – com quarenta e tantos anos. Um desastre para a família e para aqueles que o amavam; mas talvez não para o próprio Dmitri Boleslavovich. Se tivesse vivido mais, teria visto a Revolução se tornar azeda, paranoica e carnívora. Não que estivesse muito interessado na Revolução. Este tinha sido outro de seus pontos fortes.

Ao morrer, deixara uma viúva sem renda, com duas filhas e um filho musicalmente precoce, de quinze anos. Sofya Vasilyevna precisara procurar empregos subalternos para sustentá-los. Trabalhou como datilógrafa na Câmara de Pesos e Medidas e deu aulas de piano em troca de pão. Às vezes ele se perguntava se todas as suas ansiedades não teriam começado com a morte do pai. Mas preferia não acreditar nisso, porque era quase como culpar Dmitri Boleslavovich. Então, talvez fosse melhor dizer que todas as suas ansiedades foram redobradas naquele momento. Quantas vezes tinha balançado a cabeça, concordando com aquelas palavras solenes: "Agora você tem que ser o homem da casa." Essa frase carregava uma expectativa e um sentimento de dever que ele, amedrontado, não se sentia preparado para suportar. Sempre tivera uma saúde delicada: conhecia bem as mãos dos médicos que o apalpavam, davam tapinhas em suas costas e o ouviam; e também a sonda, a faca, o sanatório. Estava sempre à espera do desenvolvimento dessa prometida masculinidade. Mas sabia que ficava nervoso com facilidade; e sabia também que era mais caprichoso do que assertivo. Daí o fracasso de sua tentativa de ir morar com Jurgensen.

Sua mãe era uma mulher inflexível, tanto por temperamento quanto por necessidade. O protegera, trabalhara por ele, depositara nele todas as esperanças. Claro que ele a amava – como não amaria? –, mas havia... dificuldades. Os fortes não conseguem deixar de confrontar; os menos fortes não conseguem deixar de fugir. Seu pai sempre evitara as dificuldades, sempre cultivara o humor e a dissimulação diante tanto da vida quanto da esposa. E então o filho, embora soubesse que era mais decidido do que Dmitri Boleslavovich, raramente desafiava a autoridade da mãe.

Mas sabia que ela costumava ler seu diário. Então escrevia de propósito, numa data algumas semanas à frente: "Suicídio." Ou, às vezes: "Casamento."

Ela também recorria a certas ameaças. Sempre que ele tentava sair de casa, Sofya Vasilyevna dizia para as outras pessoas, mas em sua presença: "Meu filho vai ter que passar primeiro por cima do meu cadáver."

Nenhum dos dois sabia ao certo até que ponto o outro era sincero.

Estava nos bastidores do Pequeno Salão do Conservatório, sentindo-se castigado e envergonhado. Ainda era um estudante, e sua primeira apresentação pública em Moscou não tinha ido bem: a plateia claramente tinha preferido a obra de Shebalin. Então um homem fardado apareceu ao seu lado com palavras consoladoras: e foi assim que começou a amizade com o marechal. Tukhachevski foi como um patrono, conseguindo o apoio financeiro do comando militar do Distrito de Leningrado. Fora generoso e leal. Mais recentemente, tinha dito a todos os conhecidos que, em sua opinião, *Lady Macbeth de Mtsensk* era a primeira ópera soviética clássica.

Ele só havia falhado uma vez. Tukhachevski estava convencido de que uma mudança para Moscou era a melhor maneira de acelerar a carreira do protegido, e prometeu conseguir a transferência. Sofya Vasilyevna se opusera, naturalmente: o filho era frágil demais, delicado demais. Quem iria garantir que tomasse o leite e comesse o mingau se a mãe não estivesse perto? Tukhachevski tinha o poder, a influência, os recursos financeiros; mas Sofya Vasilyevna ainda tinha a chave para a alma do filho. Então ele tinha permanecido em Leningrado.

Como as irmãs, fora colocado diante de um teclado aos nove anos. E foi aí que o mundo se tornou claro para ele. Ou pelo menos uma parte do mundo – o suficiente para sustentá-lo pelo resto da vida. Entender o piano e a música tinha sido fácil – pelo menos mais fácil do que entender outras coisas. Ele tinha trabalhado arduamente porque era fácil. E, então, também não houve como escapar do destino. À medida que os anos passavam, tudo pareceu ainda mais milagroso, porque era uma forma de garantir o sustento da mãe e das irmãs. Ele não era um homem convencional, e sua casa não era uma casa convencional, mas mesmo assim. Às vezes, depois de um concerto bem-sucedido, depois de ter recebido aplausos e dinheiro, quase se sentia capaz de se tornar aquela coisa indefinível, o homem da casa. Embora em outras ocasiões, mesmo depois de ter saído de casa, de estar casado e ter uma filha, ainda se sentisse um menino perdido.

Aqueles que não o conheciam e que não se interessavam muito por música provavelmente imaginavam que aquele tinha sido o primeiro fracasso. Que o brilhante rapaz de dezenove anos, cuja Primeira Sinfonia fora rapidamente capturada por Bruno Walter, depois por Toscanini e Klemperer, tinha vivido apenas sucessos durante toda uma década, desde aquela première em 1926. E estas pessoas, talvez cientes de que a fama geralmente conduz à vaidade e à arrogância, talvez tenham aberto o *Pravda* e concordado que compositores podiam desviar-se facilmente da tarefa de escrever o tipo de música que o povo queria ouvir. E mais, que, como todos os compositores eram empregados do Estado, era seu dever, quando se sentisse prejudicado, intervir e trazê-los de volta a uma maior harmonia com o público. Parecia inteiramente razoável, não era?

Só que eles tinham afiado as garras em sua alma desde o começo: enquanto ele ainda estava no Conservatório, um grupo de colegas de esquerda tinha tentado fazer com que fosse expulso e perdesse a bolsa de estudos. Só que, desde o início, a Associação Russa de Músicos Proletários e outras organizações similares tinham feito campanha contra o que ele representava; ou melhor, contra o que achavam que representava. Estavam decididos a quebrar a hegemonia da burguesia nas artes. Assim, trabalhadores tinham que ser treinados para se tornar compositores, e toda a música viria a ser instantaneamente compreensível e agradável às massas. Tchaikovski era decadente, e a menor experimentação era condenada como "formalismo".

Só que já em 1929 ele tinha sido oficialmente denunciado e informado de que sua música estava "se desviando da rota da arte soviética", perdendo assim o posto na Escola Técnica Coreográfica. Só que no mesmo ano Misha Kvadri, a quem dedicara a Primeira Sinfonia, foi o primeiro dos seus amigos e companheiros a ser preso e fuzilado.

Mas quando o Partido dissolveu as organizações independentes e passou a tomar conta de todos os assuntos culturais, em 1932, o resultado não foi uma dominação da arrogância, da intolerância e da ignorância, mas sim uma combinação sistemática de tudo isso. E se o plano de tirar um operário da mina de carvão e transformá-lo num compositor de sinfonias não se realizara, algo oposto aconteceu. Um compositor devia aumentar a produção do mesmo modo que um mineiro de carvão, e a música devia aquecer os corações assim como o carvão do mineiro aquecia os corpos. Burocratas avaliavam a produção musical como qualquer outra categoria de produtos; havia normas estabelecidas e desvios dessas normas.

Na estação de trem de Arkhangelsk, com dedos gelados, ele achara na página três do *Pravda* a manchete identificando e condenando o desvio: CONFUSÃO EM VEZ DE MÚSICA. Na mesma hora, resolveu voltar para casa via Moscou, onde se aconselharia. No trem, à medida que a paisagem gelada passava, relia o artigo pela quinta e sexta vez. Estava chocado tanto pela ópera quanto por si mesmo: depois de uma crítica daquelas, *Lady Macbeth de Mtsensk* não poderia continuar no Bolshoi. Nos últimos dois anos, tinha sido aplaudida em toda parte – de Nova York a Cleveland, da Suécia à Argentina. Em Moscou e Leningrado, agradara não só ao público e aos críticos, como também aos comissários políticos. No período do 17º Congresso do Partido, as apresentações tinham sido listadas como parte da produção oficial do distrito de Moscou, que tinha como objetivo competir com as cotas de produção dos mineiros de carvão de Donbass.

Tudo isso não queria dizer mais nada agora: a ópera seria descartada como um cãozinho barulhento que havia desagradado ao dono. Ele tentou analisar, da forma mais fria possível, os diferentes elementos do ataque. Primeiro, o sucesso da ópera, especialmente no estrangeiro, passou a ser visto como um problema. Apenas alguns meses antes, o *Pravda* tinha noticiado patrioticamente a première americana no Metropolitan. Agora, o mesmo jornal sabia que *Lady Macbeth de Mtsensk* só tinha feito sucesso fora da União Soviética porque era "apolítica e confusa", e "despertava o gosto pervertido dos burgueses com uma música inquieta e neurótica".

Em seguida, e ligado a isso, vinha o que ele considerou uma crítica do camarote oficial, uma articulação daqueles risinhos debochados e dos bocejos e das viradas de cabeça na direção do invisível Stálin. Então leu que sua música "grasna e grunhe e rosna"; que sua natureza "nervosa, convulsiva e espasmódica" se inspirava no jazz; que substituía o canto pelo "berro". A ópera tinha claramente sido composta para agradar aos "afetados" que haviam perdido todo o "gosto saudável" pela música, preferindo "uma confusão de sons". O *libretto*, por sua vez, se concentrava deliberadamente nas partes mais sórdidas da história de Leskov: o resultado era "grosseiro, primitivo e vulgar".

Mas seus pecados eram também políticos. Então a análise anônima feita por alguém cujo conhecimento musical era proporcional ao que um porco entende de laranjas estava enfeitada com os ácidos rótulos familiares. Pequeno-burguês, formalista, defensor de Meyer, esquerdista. O compositor não tinha escrito uma ópera, mas sim uma antiópera, com música deliberadamente virada do avesso. Havia bebido da mesma fonte envenenada que produzira uma "distorção esquerdista na pintura, na poesia, na educação e na ciência". Caso precisasse ser explicitado – como sempre era –, esquerdismo era o oposto de "verdadeira arte, verdadeira ciência e verdadeira literatura".

"Os que têm ouvidos irão ouvir", ele sempre gostou de dizer. Mas mesmo os surdos não poderiam deixar de ouvir o que "Confusão em vez de música" dizia e adivinhar quais seriam as consequências prováveis. Havia três frases que eram dirigidas não apenas ao seu desvio teórico, mas à sua pessoa. "Aparentemente, o compositor jamais considerou o problema do que o público soviético deseja e espera da música." Isto era o suficiente para tirá-lo da União de Compositores. "O perigo desta moda para a música soviética é claro." Isto era o suficiente para acabar com sua competência para compor e tocar. E finalmente: "Trata-se de um jogo de ingenuidade esperta que pode acabar muito mal." Isto era o suficiente para tirar a sua vida.

No entanto, ele era jovem, tinha confiança no próprio talento, e era muito bem-sucedido até três dias antes. E se não era um político, fosse por temperamento ou por aptidão, havia pessoas a quem podia recorrer. Então, em Moscou, primeiro procurou Platon Kerjentsev, Presidente do Comitê de Assuntos Culturais. Começou com uma explicação do plano de resposta que tinha preparado no trem. Iria escrever uma defesa da ópera, uma réplica à crítica, e submeteria o artigo ao *Pravda*. Por exemplo... Mas Kerjentsev, apesar de muito cortês e civilizado, não quis sequer ouvir falar nisso. Não estavam lidando com uma crítica negativa, assinada por um crítico cuja opinião podia variar de acordo com o dia da semana e o estado da sua digestão. Aquilo era um editorial do *Pravda*: não um julgamento leviano que poderia ser contestado, mas um manifesto político do mais alto nível. Sagrada Escritura, em outras palavras. A única ação possível da parte de Dmitri Dmitrievich era pedir desculpas publicamente, reconhecer os próprios erros e explicar que, ao compor a ópera, tinha se deixado levar pelos arroubos da juventude. Além disso, devia anunciar a intenção de mergulhar na música folclórica da União Soviética, que o ajudaria a redirecionar a obra para o que era autêntico, popular e melodioso. Segundo Kerjentsev, esta era a única forma de conseguir voltar às boas graças.

*

Ele não era um crente. Mas tinha sido batizado e, às vezes, quando passava por uma igreja, acendia uma vela para a família. E conhecia bem a Bíblia. Assim, estava familiarizado com a noção de pecado; e também com seu mecanismo público. A ofensa, a confissão da ofensa, o julgamento do padre, o ato de contrição, o perdão. Mas havia ainda ocasiões em que o pecado era grande demais e nem mesmo um padre podia perdoar-lhe. Sim, ele conhecia as fórmulas e os protocolos, não importava o nome que a igreja tivesse.

A segunda pessoa que procurou foi o marechal Tukhachevski. O Napoleão Vermelho ainda estava na casa dos quarenta anos, um homem bonito com um pronunciado bico de viúva. Ouviu tudo o que tinha acontecido, analisou cuidadosamente a posição do protegido e sugeriu uma saída estratégica simples, ousada e generosa. Iria escrever uma carta de intercessão para o camarada Stálin. O alívio de Dmitri Dmitrievich foi intenso. Sentiu a cabeça e o coração leves quando o marechal se sentou à mesa e pegou uma folha de papel. Mas assim que começou a escrever o homem de uniforme foi mudando. O suor surgia do cabelo, do bico de viúva, descia pela testa e caía no colarinho. Uma das mãos movimentou o lenço, a outra fez floreios com a pena. Esta apreensão pouco militar não foi nada encorajadora.

Em Anapa, estavam ensopados de suor. Fazia calor no Cáucaso, e ele nunca gostara de dias quentes. Tinham contemplado a praia de Low Bay, mas não sentira vontade de se refrescar com um mergulho. Caminharam na sombra da floresta acima da cidade, e ele foi picado por mosquitos. Depois, perceberam que haviam sido cercados por um bando de cães e quase foram comidos vivos. Nada disso tinha importância. Visitaram o farol do resort, mas enquanto Tanya virava a cabeça para cima sua concentração estava na doce dobra de pele que esse movimento fazia na base do pescoço dela. Foram até o velho portão de pedra que era tudo o que restava da fortaleza otomana, mas ele ainda estava pensando nas pernas dela, no modo como os músculos se moviam quando ela andava. Durante aquelas semanas, não houve nada na vida dele a não ser amor, música e picadas de mosquito. O amor em seu coração, a música em sua cabeça, as picadas na pele. Nem mesmo o paraíso estava livre de insetos. Mas isso não o irritava. As picadas eram engenhosas, sempre em lugares inacessíveis; a loção era feita de um extrato de cravos. Se um mosquito era motivo para que os dedos dela o tocassem, fazendo sua pele cheirar a cravo, como poderia ter raiva do inseto?

Tinham dezenove anos e acreditavam em Amor Livre; turistas mais interessados no corpo um do outro do que nas atrações do resort. Tinham se livrado das normas fossilizadas da Igreja, da sociedade, da família, e foram embora para viver como marido e mulher sem ser marido e mulher. Isto os excitava quase tanto quanto o ato sexual em si; ou era, talvez, inseparável dele.

Mas então havia todo o tempo em que não estavam juntos na cama. O Amor Livre podia ter resolvido o problema principal, mas não tinha eliminado os demais. Claro que se amavam; mas passar o tempo todo na companhia um do outro – mesmo com os 300 rublos e a fama precoce – não era simples. Quando estava compondo, sempre sabia exatamente o que fazer; tomava a decisão certa sobre o que a música – a sua música – precisava. E quando maestros ou solistas perguntavam educadamente se *isto* não seria melhor, ou se *aquilo* não seria melhor, sempre respondia: "Estou certo de que você tem razão. Mas vamos deixar assim por ora. Da próxima vez eu mudo." Assim eles ficavam satisfeitos, e ele também, já que nunca quisera acatar qualquer sugestão. Porque suas decisões e seu instinto estavam corretos.

Mas fora da música... era tão diferente. Ficava nervoso, as coisas se tornavam confusas em sua mente, e às vezes tomava uma decisão simplesmente para resolver o problema e não porque sabia o que queria. Talvez a precocidade artística o tivesse feito perder aqueles anos úteis de crescimento, normais para um garoto. Mas, qualquer que fosse a causa, ele era ruim nas coisas práticas da vida, que incluíam, é claro, as coisas práticas do coração. E então, em Anapa, junto com as exaltações do amor e da satisfação embriagadora do sexo, ele se viu num mundo completamente novo, cheio de silêncios indesejados, indiretas mal interpretadas e planos desmiolados.

Tinham voltado para as respectivas cidades; ele, para Leningrado, ela, para Moscou. Mas iriam visitar um ao outro. Um dia, estava no fim de uma peça e chamou-a para se sentar ao seu lado: sua presença o fazia se sentir seguro. Passado algum tempo, a mãe dele entrou na sala. Olhando diretamente para Tanya, disse:
– Saia e deixe Mitya terminar o trabalho.
E ele tinha respondido:
– Não, eu quero que Tanya fique aqui. Isso me ajuda.
Esta foi uma das raras ocasiões em que tinha enfrentado a mãe. Talvez, se tivesse feito isso mais vezes, sua vida fosse diferente. Ou talvez não – quem poderia saber? Se o Napoleão Vermelho tivesse sido manobrado por Sofya Vasilyevna, que chance ele teria?

O tempo que passaram em Anapa tinha sido um idílio. Mas um idílio, por definição, só se torna idílio quando termina. Ele havia descoberto o amor; mas também tinha começado a descobrir que o amor, longe de torná-lo "o que ele era", longe de envolvê-lo com um profundo contentamento, como se fosse óleo de cravo, o tornava inibido e indeciso. Amava Tanya com mais clareza quando estava longe. Quando estavam juntos, havia sempre, de ambos os lados, expectativas que não conseguia identificar nem corresponder. Então, por exemplo, tinham viajado para o Cáucaso *não* como marido e mulher, mas sim especificamente como livres e iguais. O propósito da aventura era acabarem como marido e mulher de verdade? Isso parecia ilógico.

Não, isto não era ser honesto. Uma das incompatibilidades dos dois era que – mesmo que falassem as mesmas palavras – ele a tinha amado mais do que ela a ele. Tentara despertar ciúmes, descrevendo flertes com outras mulheres – até seduções, reais ou imaginárias –, mas isto pareceu deixá-la zangada e não com ciúmes. Também tinha ameaçado cometer suicídio, mais de uma vez. Até anunciara que havia se casado com uma bailarina, o que poderia facilmente ter sido o caso. Mas Tanya apenas rira. E então ela própria se casou. O que só o fez amá-la ainda mais. Implorou que se divorciasse do marido para se casarem; mais uma vez, disse que cometeria suicídio. Nada disso surtiu efeito.

Mais cedo, ela dissera, ternamente, que tinha se sentido atraída porque ele era puro e sincero. Mas, se isso não a fizera amá-lo tanto quanto ele a amava, então gostaria que fosse diferente. Não que se sentisse puro e sincero. Aquelas palavras pareciam destinadas a mantê-lo numa redoma.

Ele começou a refletir sobre questões de honestidade. Honestidade pessoal, honestidade artística. Como estavam conectadas, se realmente estavam. E quanto dessa virtude alguém possuía, e por quanto tempo este estoque duraria? Dissera a amigos que, se algum dia repudiasse *Lady Macbeth de Mtsensk*, deveriam concluir que a honestidade dele tinha se esgotado.

Considerava a si mesmo como alguém com fortes emoções, que não sabia como disfarçá-las. Mas essa era uma descrição muito simplista; ainda não era honesta. Na verdade, era um neurótico. Achava que sabia o que queria, conseguia o que queria e não queria mais, mas quando abria mão desejava ter de volta. É claro que era mimado, afinal, era filhinho da mamãe, um menino entre duas irmãs; e também era um artista, de quem todos esperavam um "temperamento artístico"; além disso, fazia sucesso, o que lhe permitia comportar-se com a arrogância própria da fama. Malko já o havia acusado de estar "cada vez mais vaidoso". Mas o estado em que vivia era de alta ansiedade. Era um completo neurótico. Não, pior que isso: era histérico. De onde vinha esse temperamento? Não do pai; não da mãe. Bem, não há como escapar ao próprio temperamento. Isso também faz parte do destino.

Ele sabia, no fundo, qual era o seu ideal de amor...

Mas o elevador tinha passado pelo terceiro andar, depois pelo quarto, e agora estava parando à sua frente. Ele pegou a maleta, as portas se abriram, e então um desconhecido saiu assoviando "A canção do contraplano". Ao se ver diante do compositor da música, parou, de repente, de assoviar.

Ele sabia, no fundo, qual era o seu ideal de amor. Estava integralmente expresso naquele conto de Maupassant sobre o jovem comandante de uma fortaleza na costa do Mediterrâneo. Antibes, esse era o nome da cidade. Bem, o oficial costumava caminhar na floresta, e lá sempre passava pela esposa de um comerciante local, Monsieur Parisse. Naturalmente, se apaixonou. A mulher recusou-o repetidamente, até o dia em que comunicou que o marido ia viajar e passar a noite fora. Um encontro foi marcado, mas no último minuto a esposa recebeu um telegrama: o marido tinha concluído os negócios mais cedo e chegaria a casa à noite. O comandante, louco de paixão, simulou uma emergência e ordenou que os portões da cidade ficassem fechados até a manhã seguinte. O marido, ao chegar, viu uma baioneta apontada para o próprio rosto e foi obrigado a passar a noite na sala de espera da estação de trem. Tudo para que o oficial pudesse desfrutar de umas poucas horas de amor.

Claro, ele não conseguia imaginar a si mesmo como o encarregado de uma fortaleza, nem mesmo de um portão otomano em ruínas numa sonolenta estação de águas no Mar Negro. Mas o princípio era o mesmo. Era assim que deveria agir alguém apaixonado – sem medo, sem barreiras, sem pensar no amanhã. E, depois, sem remorsos.

Belas palavras. Belos sentimentos. Entretanto, tal comportamento estava fora de suas possibilidades. Conseguia imaginar um jovem tenente Tukhachevski agindo assim, caso jamais tivesse sido um comandante. Seu caso pessoal de paixão louca... bem, daria uma história bem diferente. Foi em uma turnê com Gauk – um regente bastante bom, mas um perfeito burguês. Estavam em Odessa. Isso foi uns dois anos antes do casamento com Nita. Na época, ainda estava tentando causar ciúmes em Tanya. Em Nita também, provavelmente. Depois de um bom jantar, tinha voltado para o bar do hotel London e escolhido duas garotas. Ou talvez elas o tivessem escolhido. De todo modo, foram para a sua mesa. Ambas eram muito bonitas, e ele se sentiu imediatamente atraído por uma delas, chamada Rozaliya. Conversaram sobre arte e literatura enquanto ele passava a mão nas nádegas dela. Depois, foram para casa numa carruagem, e a amiga desviava os olhos enquanto ele tocava Rozaliya em toda parte. Estava apaixonado, tinha certeza. As duas mulheres tinham combinado que iriam de navio para Batumi no dia seguinte, e ele foi se despedir. Mas as garotas só chegaram até o cais, onde a amiga de Rozaliya foi presa por ser uma prostituta.

Foi uma surpresa. Ao mesmo tempo, ele se sentiu arrebatado de amor por Rozochka. Fez coisas como bater com a cabeça na parede, puxar os cabelos – agiu da mesma forma que um personagem de um romance ordinário. Gauk o alertou severamente sobre as duas mulheres, dizendo que eram ambas prostitutas totalmente sem escrúpulos. Mas isto só fez aumentar seu entusiasmo – era tão divertido. Tão divertido que ele quase se casou com Rozochka. Só que, quando chegaram ao cartório em Odessa, ele viu que tinha deixado seus documentos de identidade no hotel. E então, de algum modo – não conseguia nem lembrar por que ou como –, tudo tinha terminado em uma fuga, debaixo de um temporal, às três da manhã, de um barco que acabara de atracar em Sukhumi. O que tinha acontecido?

Mas o importante era que não se arrependia de nada disso. Sem barreiras, sem pensar no amanhã. E como é que tinha quase se casado com uma prostituta? Por causa das circunstâncias, supunha, e um pouco de *folie à deux*. Também por causa de um espírito de contradição em seu interior. "Mamãe, esta é Rozaliya, minha esposa. Sem dúvida isto não é uma surpresa para você? Você não leu o meu diário, onde escrevi 'Casamento com uma prostituta'? É bom para uma mulher ter uma profissão, não acha?" Além disso, era fácil conseguir um divórcio, então por que não? Estava tão apaixonado, e poucos dias depois, prestes a se casar, e poucos dias depois disso fugia na chuva. Enquanto isso, o velho Gauk ficava sentado num restaurante no hotel London, tentando decidir se comia uma ou duas costeletas. E quem pode saber o que teria sido melhor? Só é possível descobrir depois, quando é tarde demais.

Ele era um homem introvertido que se sentia atraído por mulheres extrovertidas. Seria isso parte do problema?

Acendeu outro cigarro. Entre arte e amor, entre opressores e oprimidos, sempre havia os cigarros. Imaginou o sucessor de Zakrevski estendendo um maço de Belomory atrás da mesa. Ele diria não e ofereceria um dos seus Kazbeki. O interrogador, por sua vez, recusaria, e cada um deixaria a marca preferida sobre a mesa, terminada a dança. Kazbeki era o cigarro dos artistas, e a embalagem sugeria liberdade: um cavaleiro montado num cavalo, a galope, tendo como fundo o Monte Kazbek. Diziam que o próprio Stálin tinha aprovado a ilustração, embora o Grande Líder fumasse a própria marca, Herzegovina Flor. Os cigarros eram feitos especialmente para ele, com a precisão incrível que se pode imaginar. Não que Stálin fizesse algo tão simples quanto colocar um Herzegovina Flor entre os lábios. Não, preferia partir o tubo de papelão e depois desmanchar o tabaco dentro do cachimbo. Aqueles que o conheciam diziam aos que não o conheciam que a mesa era cheia de restos de papel, papelão e cinzas. Sabia disso – ou melhor, tinha ouvido falar disso mais de uma vez – porque nada a respeito de Stálin era considerado trivial demais para ser comentado.

Ninguém mais fumava um Herzegovina Flor na presença de Stálin – a menos que ele oferecesse, e então a pessoa talvez tentasse espertamente manter o cigarro intacto para depois guardá-lo como uma relíquia sagrada. Aqueles que cumpriam as ordens costumavam fumar Belomory. A NKVD fumava Belomory. A embalagem mostrava um mapa da Rússia; marcado em vermelho estava o canal do Mar Branco, nome que a marca de cigarros havia homenageado. Esse Grande Feito Soviético do início dos anos trinta tinha sido construído com mão de obra criminosa. Estranhamente, houve muita propaganda desse fato. Dizia-se que, enquanto construíam o canal, os condenados estavam não apenas ajudando o progresso do país, mas também "se recuperando". Bem, foram cem mil operários, então era possível que alguns tivessem melhorado moralmente; mas um quarto do total havia morrido, e esses certamente não foram recuperados. Eram apenas as farpas que tinham voado enquanto a madeira era cortada. E a NKVD acendia seus Belomory e, na fumaça que subia, sonhava em brandir novamente o machado.

Sem dúvida ele estava fumando no momento em que Nita entrou em sua vida. Nina Varzar, a mais velha das três irmãs Varzar, saíra da quadra de tênis e exalava alegria, risos e suor. Atlética, confiante, popular, com cabelos tão dourados que iluminavam seus olhos, deixando-os dourados também. Uma física competente, uma excelente fotógrafa que tinha o próprio quarto escuro. Não era muito interessada em assuntos domésticos, verdade; mas ele também não. Num romance, todas as ansiedades, a mistura de força e fraqueza, a tendência à histeria – tudo isso teria sido varrido para longe num vendaval de amor, levando à calma beatífica do casamento. Mas uma das muitas decepções da vida era não ser como um romance, nem de Maupassant nem de qualquer outro escritor. Bem, talvez fosse um conto satírico de Gogol.

Então conhecera Nina, e os dois se tornaram amantes, mas ele ainda tentava reconquistar Tanya, e então Tanya contou que estava grávida, e ele e Nina marcaram a data do casamento, mas no último minuto ele perdeu a coragem, não apareceu, fugiu e se escondeu, mas mesmo assim o casal insistiu, e poucos meses depois se casaram, e então Nina arranjou um amante, e eles decidiram que os problemas eram tantos que deveriam se divorciar, e então ele arranjou uma amante, se separaram e entraram com os papéis do divórcio, mas quando este saiu perceberam que tinham cometido um erro, e então, seis semanas depois do divórcio tornaram a se casar, mas ainda não tinham resolvido os problemas. E no meio de tudo isso ele escreveu para a amante, Yelena: "Sou muito fraco e não sei se vou ser capaz de ser feliz."

E então Nita engravidou, e tudo se estabilizou por necessidade. Só que, quando ela estava no quarto mês de gravidez, o ano bissexto de 1936 começou, e, no vigésimo sexto dia, Stálin resolveu ir à ópera.

A primeira coisa que ele tinha feito depois de ler o editorial do *Pravda* fora mandar um telegrama para Glikman. Pediu que o amigo fosse até a Agência Central de Correios de Leningrado para abrir uma subscrição que lhe permitisse receber todos os recortes relevantes de jornal. Diariamente, Glikman os levaria à casa dele, e os dois os leriam juntos. Comprou um álbum grande e colou "Confusão em vez de música" na primeira página. Glikman achou isso desnecessariamente masoquista, mas ele dissera "Tem que estar lá, tem que estar lá". E então passou a colar cada artigo que surgia. Nunca tinha se incomodado em guardar resenhas antes; mas aquilo era diferente. Agora não resenhavam apenas sua música, mas editoravam sua existência.

Ele notou que críticos que haviam elogiado *Lady Macbeth de Mtsensk* constantemente nos últimos dois anos de repente passaram a não ver mais nenhum mérito na peça. Alguns admitiam francamente os enganos anteriores, explicando que o artigo do *Pravda* os tinha feito enxergar com mais clareza. Como foram enganados pela música e pelo compositor! Finalmente viam como o formalismo e o cosmopolitismo e o esquerdismo ameaçavam a verdadeira natureza da música russa! Também notou quais músicos começaram a falar mal de suas composições, e quais amigos e conhecidos preferiram se distanciar. Com uma calma aparente, leu as cartas que vieram de pessoas comuns, a maioria das quais por acaso sabia qual era o seu endereço. Muitas o aconselhavam a arrancar as orelhas e a cabeça. E então a expressão da qual não era possível se recuperar começou a aparecer nos jornais, inserida no meio de frases completamente corriqueiras. Por exemplo: "Hoje vai haver um concerto com obras do inimigo do povo, Shostakovich." Estas palavras nunca eram usadas por acaso, ou sem aprovação do mais alto nível.

Por que, ele pensava, o Poder tinha voltado todas as atenções para a música e para ele? O Poder sempre havia se interessado mais pela palavra do que pela nota musical: escritores, não compositores, foram proclamados engenheiros da alma humana. Escritores costumavam ser condenados na primeira página do *Pravda*; compositores, na página três. Duas páginas de distância. E no entanto não era algo que pudesse ser ignorado: isso podia representar a diferença entre vida e morte.

Os engenheiros da alma humana: uma expressão assustadora, mecanicista. E no entanto... qual era o objeto do trabalho do artista senão a alma humana? A menos que um artista quisesse ser meramente decorativo ou meramente um capacho dos ricos e poderosos. Ele mesmo sempre fora antiaristocrático no que se referia a sentimentos, política, princípios artísticos. Naqueles tempos otimistas – na realidade poucos anos antes –, quando o futuro do país, senão da própria humanidade, era refeito, parecia que todas as artes finalmente se juntariam num único e glorioso projeto. Música e literatura e teatro e cinema e arquitetura e balé e fotografia iriam formar uma parceria dinâmica, não só para a reflexão ou a crítica ou a sátira, mas para a *construção* da sociedade. Artistas, por sua livre e espontânea vontade, e sem qualquer orientação política, iriam ajudar as demais almas humanas a se desenvolver e florescer.

Por que não? Este era o mais antigo sonho de um artista. Ou, como ele pensava agora, a mais antiga fantasia de um artista. Porque os burocratas políticos tinham chegado logo para assumir o controle do projeto, para eliminar toda a liberdade, a imaginação, a complicação e a nuance sem as quais as artes se entorpeciam. "Os engenheiros da alma humana." Havia dois grandes problemas nisso. O primeiro era que muitas pessoas não queriam ter a alma engendrada, não, obrigado. Preferiam que a alma fosse deixada como era quando veio ao mundo; e qualquer um que tentasse guiá-las encontraria resistência. Venha a este concerto de graça ao ar livre, camarada. Ah, nós achamos que você deveria vir. Sim, é claro, é voluntário, mas poderia ser um erro não mostrar a cara lá...

E o segundo problema com a engenharia da alma humana era mais básico. Era o seguinte: quem engendrava os engenheiros?

Ele se lembrava de um concerto ao ar livre num parque em Kharkov. A Primeira Sinfonia tinha feito todos os cachorros da vizinhança começarem a latir. A multidão riu, a orquestra tocou mais alto, os cachorros latiram mais ainda, a plateia riu mais ainda. Agora, tinha feito latir cães mais graúdos. A história se repetia; primeiro, como farsa, depois como tragédia.

Ele não queria se tornar um personagem dramático. Mas, às vezes, quando deixava a mente divagar pela madrugada, pensava: então foi nisto que deu a história. Toda essa luta e todo esse idealismo e esperança e progresso e ciência e arte e consciência, e tudo termina assim, com um homem parado na frente de um elevador, tendo a seus pés uma pequena maleta contendo cigarros, roupa de baixo e pasta de dente; parado e esperando ser preso.

Ele forçou a mente a passar por um compositor diferente, com uma maleta de viagem diferente. Prokofiev tinha deixado a Rússia e ido para o Ocidente logo depois da Revolução; voltou pela primeira vez em 1927. Era um homem sofisticado, Sergei Sergeyevich, com gostos caros. Também era um Cientista Cristão – não que isto fosse relevante para a história. Os funcionários da alfândega na fronteira soviética não eram sofisticados; além disso, tinham a mente cheia de ideias de sabotagem e espiões e contrarrevolução. Eles abriram a mala de Prokofiev e encontraram, acima dos demais, um item que os intrigou: um pijama. O desdobraram, levantaram, viraram de um lado para outro, entreolhando-se, atônitos. Talvez Sergei Sergeyevich tenha ficado envergonhado. De todo modo, deixou a explicação para a esposa. Mas Ptashka, depois dos anos passados no exílio, havia esquecido a palavra russa para blusa de pijama. No fim, o problema foi resolvido por mímica, e o casal teve permissão para passar. Mas, de algum modo, o incidente marcou Prokofiev.

O álbum de recortes. Que tipo de homem compra um álbum e depois o enche com artigos ofensivos sobre si mesmo? Um louco? Um irônico? Um russo? Pensou em Gogol, parado diante de um espelho, gritando o próprio nome de vez em quando, num tom de nojo e alienação. Isto não lhe parecia o ato de um louco.

Seu status oficial era o de "não bolchevique". Stálin gostava de dizer que a maior qualidade dos bolcheviques era a modéstia. Sim, e a Rússia era a terra natal dos elefantes.

*

Quando Galina nasceu, ele e Nita costumavam brincar dizendo que iam batizá-la de Sumburina. Significava "pequena bagunça". Teria sido um ato irônico de bravata. Não, de loucura suicida.

A carta de Tukhachevski para Stálin não obteve resposta. O próprio Dmitri Dmitrievich não seguiu o conselho de Platon Kerjentsev. Não fez nenhuma declaração pública, não se desculpou pelos excessos da juventude, não se retratou, embora tenha desistido da Quarta Sinfonia, que para aqueles sem bons ouvidos iria com certeza parecer uma mistura de grasnidos e grunhidos e rosnados. Enquanto isso, todas as apresentações de suas óperas e balés foram suspensas. Sua carreira tinha simplesmente se estagnado.

E então, na primavera de 1937, ele teve a Primeira Conversa com o Poder. É claro, tinha conversado com o Poder antes, ou o Poder havia conversado com ele: funcionários, burocratas, políticos ofereciam sugestões, propostas, ultimatos. O Poder conversara com ele pelos jornais, publicamente, e tinha sussurrado em seu ouvido, reservadamente. Recentemente, o Poder o havia humilhado, tinha tirado o seu ganha-pão, ordenara que ele se arrependesse. O Poder dissera como queria que trabalhasse, como queria que vivesse. Agora estava sugerindo que, talvez, pensando melhor, talvez não quisesse mais que ele vivesse. O Poder tinha decidido confrontá-lo cara a cara. O nome do Poder era Zakrevski, e o Poder, como se dirigia a pessoas como ele em Leningrado, morava na Grande Casa. Muitos que iam à Grande Casa em Liteiny Prospekt nunca mais voltavam.

A convocação era para uma manhã de sábado. Ele afirmou à família e aos amigos que era sem dúvida uma mera formalidade, talvez uma consequência automática da sequência de artigos publicados no *Pravda*. Não acreditava muito nisso e duvidava que acreditassem. Não muitos eram chamados à Grande Casa para discutir teoria musical. Ele foi, é claro, pontual. E o Poder foi a princípio correto e educado. Zakrevski perguntou sobre seu trabalho, como iam os negócios profissionais, o que pretendia compor em seguida. Em resposta, ele mencionou, quase como um reflexo, que estava compondo uma sinfonia sobre Lênin – o que poderia ter sido o caso. Então achou sensato falar na campanha da imprensa contra ele, e se sentiu encorajado pelo aparente desinteresse do interrogador pelo assunto. Em seguida foi questionado sobre os amigos e quem costumava encontrar. Não soube como responder a essas perguntas. Zakrevski o ajudou.

– Pelo que eu sei, o senhor conhece o marechal Tukhachevski?
– Sim, eu o conheço.
– Conte-me como foi que o conheceu.

Ele recordou o encontro nos bastidores do Pequeno Salão em Moscou. Explicou que o marechal era um famoso amante de música que tinha assistido a muitos dos seus concertos, que tocava violino e até os fabricava como hobby. O marechal convidara-o para visitá-lo; haviam até tocado juntos. Era um bom violinista amador. Ele disse "bom"? Capaz, com certeza. E, sim, capaz de melhorar.

Mas Zakrevski não estava interessado em saber se o dedilhado e a técnica do arco do marechal tinham progredido.

– O senhor foi à casa dele em diversas ocasiões?
– De vez em quando, sim.
– De vez em quando num período de quantos anos? Oito, nove, dez?
– Sim, provavelmente.
– Então, digamos, quatro ou cinco visitas por ano? Quarenta ou cinquenta no total?
– Menos, eu diria. Eu nunca contei. Mas menos.
– Mas o senhor é amigo íntimo do marechal Tukhachevski?

Ele parou para pensar.
– Não, não um amigo íntimo, mas um bom amigo.

Ele não mencionou que o marechal havia conseguido apoio financeiro para ele; que o aconselhara; que tinha escrito a Stálin para defendê-lo. Ou Zakrevski sabia disso ou não iria saber.

– E quem mais estava presente nessas quarenta ou cinquenta ocasiões na casa do seu bom amigo?
– Não muita gente. Só membros da família.
– Só membros da família? – O tom do interrogador foi francamente cético.
– E músicos. E musicólogos.
– Algum político lá, por acaso?
– Não, nenhum político.
– Tem certeza disso?
– Bem, o senhor sabe, havia bastante gente em algumas das reuniões. E eu não exatamente... Na verdade, eu geralmente estava tocando piano...
– E sobre o que os senhores conversavam?
– Sobre música.
– E política.
– Não.
– Ora, ora, como alguém poderia deixar de conversar sobre política logo com o marechal Tukhachevski?
– Ele estava, digamos, fora do horário de trabalho. No meio de amigos e músicos.
– E havia nas reuniões outros políticos fora do horário de trabalho?
– Não, nunca. Nunca houve nenhuma conversa a respeito de política na minha presença.

O interrogador o fitou por um longo tempo. Então mudou o tom de voz, como se quisesse prepará-lo para a seriedade e a ameaça que sua posição representava.

– Eu acho que o senhor deve puxar pela memória. Não é possível que o senhor tenha estado na casa do marechal Tukhachevski, na condição de "bom amigo", como o senhor diz, regularmente nos últimos dez anos, e que não tenham conversado sobre política. Por exemplo, a conspiração para assassinar o camarada Stálin. O que o senhor ouviu a respeito disso?

Nesta altura, ele soube que era um homem morto. "E agora a hora de alguém está próxima" – desta vez era a dele. Reiterou, o mais claramente possível, que nunca tinha havido nenhuma conversa sobre política na casa do marechal Tukhachevski; eram noites puramente musicais; questões de Estado eram deixadas na porta junto com chapéus e casacos. Não tinha certeza se esta era a melhor frase. Mas Zakrevski mal escutava.

– Então eu sugiro que o senhor pense melhor – o interrogador disse. – Alguns dos outros convidados já confirmaram a conspiração.

Ele compreendeu que Tukhachevski devia ter sido preso, que a carreira de marechal estava acabada e sua vida também; que a investigação estava apenas no início e que todos ao redor do marechal em breve iriam desaparecer da face da Terra. A própria inocência era irrelevante. A veracidade de suas respostas era irrelevante. O que havia sido decidido estava decidido. E se precisassem mostrar que a conspiração que acabara de ser descoberta, ou inventada, tinha se espalhado tão perigosamente que até o compositor mais famoso do país – mesmo que caído recentemente em desgraça – estava envolvido, então era isso que iam mostrar. O que explicava a naturalidade do tom da voz com que Zakrevski terminou a entrevista.

– Muito bem. Hoje é sábado. São doze horas agora, e o senhor pode ir. Mas eu lhe darei quarenta e oito horas. Às doze horas da segunda-feira o senhor irá se lembrar de tudo, sem falta. O senhor precisa recordar cada detalhe de todas as discussões a respeito da conspiração contra o camarada Stálin, das quais o senhor foi uma das principais testemunhas.

Ele era um homem morto. Contou a Nita tudo o que havia sido dito e, por baixo da aparente tranquilidade, viu que concordava que ele era um homem morto. Sabia que devia proteger todos ao seu redor, e para isso precisava ficar calmo, mas não conseguia controlar o nervosismo. Queimou tudo o que poderia ser incriminador – só que depois de ser rotulado de inimigo do povo e ter o nome associado ao de um assassino conhecido, tudo se tornava incriminador. Teria que queimar o apartamento inteiro. Ele temia por Nita, pela mãe, por Galya, por qualquer pessoa que tivesse entrado ou saído do apartamento.

"Não há como escapar ao próprio destino." E então ele estaria morto aos trinta anos. Mais velho do que Pergolesi, é verdade, porém mais moço do que Schubert. E que o próprio Pushkin, aliás. Seu nome e sua música seriam apagados. Ele não deixaria de existir; ele nunca teria existido. Sua existência havia sido um erro, corrigido rapidamente; um rosto que teria desaparecido de uma foto na próxima vez que fosse impressa. E mesmo se, em algum momento do futuro, ele fosse desenterrado, o que seria encontrado? Quatro sinfonias, um concerto para piano, algumas suítes para orquestra, duas peças para quarteto de cordas, algumas composições de piano, uma sonata para violoncelo, duas óperas, algumas músicas para filmes e balés. Ele seria lembrado pelo quê? A ópera que havia trazido desonra, a sinfonia da qual tinha sabiamente desistido? Talvez a Primeira Sinfonia constituísse o prelúdio de outros concertos, obras da maturidade de compositores com sorte suficiente para sobreviver por mais tempo que ele.

Mas mesmo isto era um falso consolo, ele compreendeu. O que pensava era irrelevante. O futuro iria deliberar o que decidisse. Por exemplo, que sua música não tinha nenhuma importância. Que talvez pudesse ter se tornado um bom compositor se não tivesse, por vaidade, se envolvido numa conspiração contra o chefe de Estado. Quem poderia dizer em que o futuro acreditaria? Todos esperam demais do futuro – na esperança de que ele brigue com o presente. E quem poderia dizer qual sombra a morte lançaria sobre a sua família? Ele imaginou Galya saindo, aos dezesseis anos, do orfanato na Sibéria, acreditando que tinha sido cruelmente abandonada, sem saber que o pai havia escrito uma única nota musical.

Quando as ameaças começaram, ele disse aos amigos: "Mesmo que decepem as minhas mãos, vou continuar a escrever música com uma pena na boca." Estas tinham sido palavras de desafio destinadas a levantar o ânimo de todos, inclusive dele próprio. Mas eles não queriam decepar suas mãos, suas mãos pequenas, "não pianísticas". Talvez quisessem torturá-lo, e ele iria concordar com tudo o que dissessem na mesma hora, já que não tinha capacidade para suportar dor. Veria nomes colocados à sua frente e iria implicar com todos. Não, diria brevemente, e logo mudaria para Sim, Sim e Sim. Sim, nessa hora eu estava no apartamento do marechal; Sim, eu o ouvi dizer o que quer que vocês sugiram que possa ter dito; Sim, este general e aquele político estavam envolvidos na conspiração, eu vi e ouvi tudo. Mas não haveria nenhum decepamento melodramático de mãos, só uma simples bala em sua nuca.

Aquelas palavras foram no máximo uma bravata idiota, uma mera figura de linguagem. E o Poder não tinha interesse em figuras de linguagem. O Poder só conhecia fatos, e sua linguagem consistia de frases e eufemismos destinados ou a expor ou a ocultar esses fatos. Na Rússia de Stálin, não havia compositores que usassem uma pena entre os dentes para escrever. De agora em diante só haveria dois tipos de compositores: aqueles que estavam vivos e amedrontados; e aqueles que estavam mortos.

Recentemente ele tinha sentido a indestrutibilidade da juventude. Mais do que isso – a incorruptibilidade. E além disso, acima de tudo, uma convicção da retidão e da verdade do próprio talento e da música que tinha escrito. Nada disso havia sido, de forma alguma, arruinado. Agora, era apenas completamente irrelevante.

No sábado à noite, e de novo no domingo à noite, ele bebeu até dormir. Não era algo difícil. Tinha a cabeça fraca, e dois copos de vodca geralmente o derrubavam. A fraqueza era também uma vantagem. Beber, e depois descansar, enquanto outros continuavam bebendo. Pessoas assim estavam bem na manhã seguinte, mais aptas a trabalhar.

Anapa tinha ficado famosa por ser considerada centro de cura pela uva. Uma vez, ele dissera a Tanya, em tom de brincadeira, que preferia a cura pela vodca. Então, agora, talvez nas duas últimas noites de sua vida, tenha optado por esta cura.

Na manhã de segunda-feira ele beijou Nita, segurou Galya no colo uma última vez e pegou o ônibus para o funesto prédio cinzento em Liteiny Prospekt. Sempre fora pontual e iria ao encontro da morte pontualmente. Fitou brevemente o rio Neva, que permaneceria ali mesmo quando todos tivessem morrido. Na Grande Casa, ele se apresentou ao guarda na recepção. O soldado consultou a lista mas não achou o nome dele. Pediu que repetisse. Ele obedeceu. O soldado tornou a consultar a lista.
– Qual é o assunto? Quem o senhor veio ver?
– Interrogador Zakrevski.
Então o soldado balançou lentamente a cabeça. Em seguida, sem erguer os olhos, disse:
– Bem, o senhor pode voltar para casa. O senhor não está na lista. Zakrevski não virá hoje, então não há ninguém para recebê-lo.
Assim terminou a Primeira Conversa com o Poder.

Ele foi para casa. Imaginou que devia ser algum truque – o deixaram livre para segui-lo e depois prender todos os seus amigos e conhecidos. Mas na verdade aquele foi um golpe de sorte em sua vida. Entre o sábado e a segunda-feira, o próprio Zakrevski tinha se tornado um suspeito. O interrogador interrogado. O carcereiro encarcerado.

Ainda assim, se a dispensa da Grande Casa não foi um truque, só podia ter sido um atraso burocrático. Dificilmente desistiriam de perseguir Tukhachevski; então a partida de Zakrevski era apenas um embaraço temporário. Um novo Zakrevski seria nomeado e a intimação se renovaria.

Três semanas depois da prisão, o marechal foi fuzilado, junto com a elite do Exército Vermelho. A conspiração dos generais para assassinar o camarada Stálin tinha sido descoberta bem a tempo. Dentre aqueles que faziam parte do círculo mais íntimo de Tukhachevski e seriam presos e fuzilados estava o amigo em comum dos dois, Nikolai Sergeyevich Jilyayev, eminente musicólogo. Talvez houvesse uma conspiração de musicólogos prestes a ser revelada, seguida por uma conspiração de compositores e uma conspiração de trombonistas. Por que não? "Só havia loucura no mundo."

Parecia que pouco tempo antes estavam todos rindo da definição de musicólogo que o professor Nikolayev apresentara. Imaginem que estamos comendo ovos mexidos, o professor costumava dizer. Meu cozinheiro, Pasha, os preparou, e vocês e eu estamos comendo. Aí aparece um homem que não cozinhou nada e não está comendo, mas fala sobre os ovos mexidos como se soubesse tudo a respeito – *isso* é um musicólogo.

Mas isto não parecia mais tão engraçado, pois agora estavam fuzilando até musicólogos. Os crimes de que Nikolai Sergeyevich Jilyayev fora acusado eram monarquismo, terrorismo e espionagem.

E então ele começou a fazer vigília na frente do elevador. Não era o único. Outros pela cidade faziam o mesmo, querendo poupar aqueles que amavam o espetáculo da prisão. Toda noite seguia a mesma rotina: esvaziava os intestinos, beijava a filha adormecida, beijava a esposa acordada, pegava a pequena valise das mãos dela e fechava a porta da frente de casa. Quase como se fosse para um plantão noturno. De certa forma, era o que estava fazendo. E então esperava, pensava no passado, temia o futuro, fumava no breve presente. A maleta encostada na perna estava ali para tranquilizá-lo e para tranquilizar os outros; uma medida prática. Dava a impressão de que ele estava no controle da situação e não de que era uma vítima dos acontecimentos. Homens que saíam de casa com uma maleta na mão geralmente voltavam. Homens arrastados das camas de pijama geralmente não retornavam. Se isso era ou não verdadeiro não importava. O que importava era o seguinte: parecia que ele não estava com medo. Esta era uma das perguntas que ele tinha na cabeça: ficar ali parado esperando por eles era um ato de coragem ou covardia? Ou nem uma coisa nem outra – era meramente sensato? Ele não esperava descobrir a resposta.

O sucessor de Zakrevski começaria como Zakrevski tinha iniciado, com uma amável introdução, depois um endurecimento, uma ameaça e um convite para voltar com uma lista de nomes? Mas de que provas adicionais poderiam precisar, considerando que Tukhachevski já havia sido julgado, condenado e executado? Era mais provável que fizessem uma ampla investigação do círculo menos íntimo de amigos do marechal, uma vez que o círculo mais íntimo já havia sido resolvido. Ele seria questionado sobre as convicções políticas, a família e as relações profissionais. Bem, lembrava-se de ter ficado parado, quando era menino, na frente do prédio da rua Nikolayevskaya, usando orgulhosamente uma fita vermelha no casaco; mais tarde, de correr com um grupo de colegas de escola até a estação Finlândia para receber Lênin, que regressava à Rússia. As primeiras composições, antes da primeira composição oficial, Opus Um, tinham sido uma "Marcha fúnebre para as vítimas da Revolução" e um "Hino à liberdade".

Um pouco mais adiante, os fatos deixaram de ser fatos, mas simplesmente declarações sujeitas a interpretações divergentes. Assim, ele tinha ido à escola na mesma época que os filhos de Kerenski e Trótski: antes isso fora motivo de orgulho; depois, de interesse; agora, talvez, de vergonha silenciosa. Assim, seu tio Maxim Lavrentyevich Kostrikin, um velho bolchevique exilado na Sibéria graças ao papel desempenhado na Revolução de 1905, tinha sido o primeiro incentivador das simpatias revolucionárias do sobrinho. Mas Velhos Bolcheviques, antes um orgulho e uma bênção, agora eram mais frequentemente uma maldição.

Ele nunca tinha entrado para o Partido – e nunca iria entrar. Não podia se juntar a um partido que matava: simples assim. Mas como um "Bolchevique sem Partido" havia deixado que o exibissem como se fosse uma pessoa que apoiava integralmente o Partido. Tinha escrito músicas para filmes, balés e oratórias que glorificavam a Revolução e todos os seus feitos. Sua Segunda Sinfonia fora uma cantata que celebrava o décimo aniversário da Revolução e contava com algumas estrofes repulsivas de Alexander Bezymenski. Ele havia escrito partituras aplaudindo a coletivização e denunciando a sabotagem na indústria. A música que compusera para o filme *Contraplano* – sobre um grupo de operários que criam espontaneamente um esquema para aumentar a produção da fábrica – fora um tremendo sucesso. A "Canção do contraplano" tinha sido assobiada e cantarolada por todo o país, e ainda era. Atualmente – talvez para sempre, e com certeza pelo tempo que fosse necessário – ele estava trabalhando numa sinfonia dedicada à memória de Lênin.

Duvidava que qualquer uma dessas coisas pudesse convencer o substituto de Zakrevski. Alguma parte dele acreditava no comunismo? Com certeza, se a alternativa fosse o fascismo. Mas não acreditava em utopia, no aperfeiçoamento da humanidade, na engenharia da alma humana. Depois de cinco anos da Nova Política Econômica de Lênin, tinha escrito para um amigo: "O paraíso na Terra virá em 200.000.000.000 de anos." Mas essa, ele achava agora, talvez fosse uma previsão muito otimista.

As teorias eram simples, convincentes e compreensíveis. A vida era confusa e cheia de tolices. Ele pusera em prática a teoria do Amor Livre, primeiro com Tanya, depois com Nita. Na verdade, com ambas ao mesmo tempo; tinham se sobreposto no coração dele, e às vezes ainda faziam isso. Tinha sido uma descoberta lenta e dolorosa a de que a teoria do amor não correspondia à realidade da vida. Era como se alguém esperasse conseguir compor uma sinfonia porque um dia tinha lido um manual de composição. E, por cima de tudo, ele próprio era fraco e indeciso – exceto nas ocasiões em que era forte e decidido. Mas mesmo assim nem sempre tomava as decisões certas. Então sua vida emocional tinha sido... como era a melhor forma de resumi-la? Sorriu tristemente. Sim, sem dúvida: confusão em vez de música.

Tinha desejado Tanya; sua mãe não aprovara. Havia desejado Nina; sua mãe não aprovara. Escondera o casamento durante várias semanas, sem querer que a felicidade deles fosse abafada por maus sentimentos. Isto não tinha sido um de seus atos mais heroicos, ele admitia. E quando dera a notícia, a mãe reagira como se houvesse sabido o tempo todo – talvez tivesse lido a certidão – e não visse nenhum motivo para aprovar. Tinha um jeito de falar sobre Nina que soava como elogio mas era de fato crítica. Talvez, depois que ele morresse, o que podia não estar muito distante, formassem uma família juntos. Mãe, nora, neta: três gerações de mulheres. Essas famílias eram cada vez mais comuns na Rússia.

Poderia ter interpretado mal as coisas; mas não era nenhum bobo, nem inteiramente ingênuo. Soubera desde o começo que era necessário dar a César o que era de César. Então por que César estava zangado? Ninguém podia dizer que ele era improdutivo: escrevia depressa e raramente perdia um prazo. Conseguia produzir músicas eficientemente melódicas que lhe agradavam por um mês, e, ao público, por uma década. Mas esta era precisamente a questão. César não exigia apenas que lhe fosse prestado tributo; também indicava a moeda na qual o tributo deveria ser pago. Por que, camarada Shostakovich, a nova sinfonia não soa como a maravilhosa "Canção do contraplano"? Por que o cansado operário da siderúrgica não está assobiando o primeiro tema a caminho de casa? Nós sabemos, camarada Shostakovich, que o senhor é capaz de escrever músicas que agradem às massas. Então por que insiste com seus grasnidos e grunhidos formalistas que a burguesia arrogante que ainda comanda as salas de concerto apenas finge admirar?

Sim, ele tinha sido ingênuo em relação a César. Ou melhor, trabalhara com base num modelo ultrapassado. Antigamente, César tinha exigido um tributo em dinheiro, uma soma para afirmar o próprio poder, uma certa porcentagem do valor total de algo. Mas as coisas avançaram, e os novos Césares do Kremlin tinham aperfeiçoado o sistema: atualmente, o tributo era de 100% do valor total. Ou, se possível, mais.

Quando era estudante – aqueles anos de alegria, esperança e invulnerabilidade – tinha trabalhado arduamente, durante três anos, como pianista de cinema. Acompanhara a tela no Piccadilly, em Nevski Prospekt; também no Bright Reel e no Splendid Palace. Era um trabalho duro e degradante; alguns proprietários eram uns sovinas que preferiam despedir os funcionários a pagar os salários. Ainda assim, ele costumava lembrar a si mesmo que Brahms tinha tocado piano num bordel de marinheiros em Hamburgo. O que talvez tivesse sido mais divertido, admitia.

Ele tentava observar a tela e tocar uma música apropriada. A plateia preferia as velhas melodias românticas e conhecidas; mas ele costumava se entediar e então tocava as próprias composições. Estas não desciam tão bem. No cinema, acontecia o oposto do salão de concerto: as plateias aplaudiam quando desaprovavam alguma coisa. Uma noite, enquanto acompanhava um filme chamado *Aves das águas e dos pântanos da Suécia*, ele entrou num estado de espírito mais satírico do que o habitual. Primeiro, começou a imitar o pio das aves no piano, e então, à medida que as aves voavam mais alto, o piano ficava cada vez mais forte e intenso. Houve aplausos ruidosos que, em sua ingenuidade, ele achou que fossem dirigidos ao filme ridículo; e então tocou ainda mais alto. Depois, a plateia reclamou com o gerente do cinema: o pianista devia estar bêbado, o que ele tocou nunca foi música, tinha insultado o lindo filme e também a plateia. O gerente o demitiu.

E isso, ele agora percebia, tinha sido sua carreira em miniatura: trabalho duro, um certo sucesso, fracasso em respeitar as normas musicais, reprovação oficial, suspensão de pagamento, demissão. Só que agora estava no mundo dos adultos, onde a demissão significava algo muito mais definitivo.

Imaginou a mãe sentada num cinema enquanto fotos das namoradas do filho eram projetadas na tela. Tanya – a mãe aplaude. Nina – a mãe aplaude. Rozaliya – a mãe aplaude ainda mais. Cleópatra, a Vênus de Milo, a rainha de Sabá – a mãe, sempre indiferente, continua a aplaudir de cara fechada.

As vigílias duraram dez noites. Nita argumentou – não por ter provas, mas por otimismo e determinação – que o perigo imediato provavelmente tinha passado. Nenhum dos dois acreditava nisso, mas ele estava cansado de ficar em pé, de esperar pelo rangido do mecanismo do elevador. Estava cansado do próprio medo. Então voltou a se deitar no escuro, inteiramente vestido, ao lado da esposa, a maleta perto da cama. A poucos metros de distância, Galya dormia o sono dos bebês, indiferente aos assuntos de Estado.

E então, uma manhã, pegou a maleta e abriu o fecho. Guardou a roupa de baixo na gaveta, a escova de dentes e a pasta no armário do banheiro, e os três maços de Kazbeki na escrivaninha.

E esperou que o Poder voltasse a conversar com ele. Mas nunca mais teve notícias da Grande Casa.

Não que o Poder estivesse ocioso. Muitos ao redor dele começaram a desaparecer, alguns enviados para campos de concentração, outros para a execução. A sogra, o cunhado, o tio, o Velho Bolchevique, colegas, uma antiga amante. E quanto a Zakrevski, que não tinha ido trabalhar naquela segunda-feira fatal? Ninguém nunca mais ouviu falar nele. Talvez Zakrevski nunca tivesse existido realmente.

Mas não há como escapar ao próprio destino; e o dele, por ora, aparentemente era viver. Viver e trabalhar. Não haveria descanso.

"Só descansamos quando sonhamos", como disse Blok; embora nestes tempos os sonhos da maioria das pessoas não fossem sossegados. Mas a vida continuou; logo Nita estava grávida de novo, e logo ele começou a aumentar o número de peças que podiam ter o mesmo fim que a Quarta Sinfonia.

A Quinta, composta naquele verão, foi apresentada pela primeira vez em novembro de 1937 na Sala de Concertos da Filarmônica de Leningrado. Um filólogo idoso disse a Glikman que só uma vez antes na vida tinha assistido a uma ovação tão grande e insistente; quarenta e quatro anos antes, quando Tchaikovski havia apresentado pela primeira vez a Sexta Sinfonia. Um jornalista – tolo? esperançoso? solidário? – descreveu a Quinta como "a resposta criativa de um artista soviético à crítica merecida". Nunca repudiou a frase; e muitos vieram a acreditar que ele próprio a havia escrito no cabeçalho da obra. Estas palavras viriam a ser as mais famosas que ele escreveu na vida – ou melhor, que não escreveu. Permitiu que permanecessem porque protegiam a música. O Poder podia ficar com as palavras, porque palavras não podem manchar a música. A música escapa das palavras; esse é o seu objetivo e sua majestade.

A frase também permitiu que aqueles com orelhas de burro ouvissem em sua sinfonia o que queriam ouvir. Não perceberam a ironia do movimento final, a paródia de triunfo. Só ouviram o triunfo em si, algum endosso leal da música soviética, da musicologia soviética, da vida sob o sol da Constituição de Stálin. Ele tinha terminado a sinfonia fortíssimo e em tom maior. E se a houvesse terminado pianíssimo e em tom menor? Essas coisas poderiam transformar uma vida – muitas vidas. Bem, "só havia loucura no mundo".

O sucesso da Quinta Sinfonia foi instantâneo e universal. Um fenômeno tão súbito foi devidamente analisado pelos burocratas do Partido e por musicólogos obedientes, que produziram uma descrição oficial da obra, para ajudar o entendimento do público soviético. Chamaram a Quinta de "uma tragédia otimista".

Dois: No Avião

Tudo o que ele sabia era que *este* era o pior momento.

Um medo puxa outro, assim como um prego puxa outro. Então, à medida que o avião, ao subir, parecia alcançar camadas sólidas de ar, ele tentava se concentrar no medo local, imediato: de imolação, desintegração, esquecimento instantâneo. O medo normalmente faz surgir outras emoções também; mas não a vergonha. Medo e vergonha se reviravam juntos em seu estômago.

Ele podia ver a asa e uma hélice do avião da American Overseas Airlines; isso e as nuvens pelas quais passavam. Outros membros da delegação, com melhores lugares e maior curiosidade, estavam com os rostos apertados contra as pequenas janelas para ter uma última visão do horizonte de Nova York. Os seis estavam num humor festivo, ele percebeu, e loucos para que a aeromoça aparecesse com a primeira rodada de bebidas. Brindariam ao enorme sucesso do congresso e diriam uns aos outros que o avanço que tinham alcançado na causa da Paz era precisamente o motivo para o Departamento de Estado ter revogado os vistos e os mandado mais cedo para casa. Ele também estava ansioso pela aeromoça e pelos drinques, mesmo que por motivos diferentes. Queria esquecer tudo o que tinha acontecido. Fechou as cortinas estampadas da janela, como se pudesse bloquear a lembrança. A chance de esquecer era muito pequena, por mais que bebesse.

*

"Só existe vodca boa e vodca muito boa – não existe vodca ruim." Era isso que se dizia de Moscou a Leningrado, de Arkhangelsk a Kuibyshev. Mas havia também vodca americana, que, como ele tinha aprendido agora, podia ficar melhor com sabores de frutas, com limão e gelo e água tônica, ter o gosto disfarçado em coquetéis. Então talvez existisse, sim, vodca ruim.

Durante a guerra, quando se sentia nervoso antes de uma viagem extensa, às vezes ia a uma sessão de hipnoterapia. Ele desejara ter feito o tratamento antes do longo voo e também em cada dia da semana que passara em Nova York, e outro antes da viagem de volta. Ou, melhor ainda, poderiam tê-lo colocado simplesmente num caixote de madeira, junto com um estoque de linguiça e vodca para uma semana, depois largado o caixote no aeroporto de LaGuardia e posto de volta no avião na hora de retornar. Então, Dmitri Dmitrievich, como foi a viagem? Maravilhosa, obrigado, vi tudo o que queria ver e a companhia foi muito agradável.

No voo de ida, o assento ao lado havia sido ocupado pelo protetor oficial, carcereiro, tradutor e novo melhor amigo das últimas vinte e quatro horas. Que naturalmente fumava Belomory. Quando receberam cardápios em inglês e em francês, tinha pedido que o acompanhante traduzisse. À direita havia coquetéis e bebidas alcoólicas e cigarros. À esquerda, ele imaginava, estava a comida. Não, foi a resposta, eram outras coisas que poderia pedir. Um dedo burocrático correu pela lista. Dominó, xadrez, dados, gamão. Jornais, papel de carta, revistas, cartões-postais. Barbeador elétrico, bolsa de gelo, kit de costura, kit de remédios, goma de mascar, escova de dentes, lenço de papel.

– E isso? – perguntara, apontando para o único item não traduzido.

Uma aeromoça foi chamada, e seguiu-se uma longa explicação. Finalmente, foi informado.
– Inalador de benzedrina.
– Inalador de benzedrina?
– Para capitalistas viciados que se cagam de medo durante a decolagem e a aterrissagem – disse o novo melhor amigo, com uma certa afetação ideológica.
Ele próprio sofria de um medo não capitalista em cada decolagem e aterrissagem. Se não soubesse que isto iria imediatamente para a ficha, talvez tivesse experimentado essa decadente invenção ocidental.

Medo: o que sabiam aqueles que despertavam esse sentimento? Sabiam que funcionava, sabiam até como funcionava, mas não como era. "O lobo não pode falar do medo do cordeiro", como dizem. Enquanto ele aguardava as ordens da Grande Casa em São Leninsburgo, Oistrakh esperava ser preso em Moscou. O violinista tinha contado que, noite após noite, vinham buscar alguém no prédio dele. Nunca uma prisão em massa; só uma vítima, e então, na noite seguinte, outra – um sistema que aumentava o medo daqueles que restavam, sobreviventes temporários. Até que todos tinham sido levados, exceto aqueles que moravam com ele e no apartamento em frente ao dele. Na noite seguinte, a van da polícia tornou a chegar, eles ouviram a porta do hall de entrada se fechar, passos no corredor... que se dirigiam ao outro apartamento. Daí em diante, Oistrakh disse, estava sempre com medo; sentiria medo, ele sabia, pelo resto da vida.

Agora, no voo de volta, o acompanhante o deixou em paz. Levariam trinta horas para chegar a Moscou, com escalas na Terra Nova, em Reykjavik, Frankfurt e Berlim. Pelo menos ia ser confortável: os assentos eram bons; o nível de ruído, tolerável; as aeromoças, bem-educadas. Serviram a comida em pratos de porcelana, com guardanapos de linho e talheres pesados. Camarões enormes, gordos e brilhosos como políticos, nadando em molho de coquetel de camarão. Um bife, quase tão alto quanto largo, com cogumelos e batatas e vagens. Salada de frutas. Ele comeu, mas principalmente bebeu. Já não tinha mais a cabeça fraca de quando era mais jovem. Nem mesmo um uísque com soda atrás do outro conseguiu apagá-lo. Ninguém o fez parar, nem a companhia aérea nem seus companheiros, que estavam visivelmente alegres e, provavelmente, bebendo tanto quanto. Então, depois que o café foi servido, a cabine pareceu ficar mais quente e todo mundo caiu no sono, inclusive ele.

O que esperava da América? Esperava conhecer Stravinski. Embora soubesse que isto era um sonho, na realidade, uma fantasia. Sempre reverenciara a música de Stravinski. Quase perdera uma apresentação de *Petrushka* no Mariinski. Tinha tocado o segundo piano na première russa de *Les Noces*, apresentara a Serenata em Lá em público, transcrito a *Sinfonia de Salmos* para quatro mãos. Se havia um único compositor do século XX que podia ser chamado de maravilhoso era Stravinski. A *Sinfonia de Salmos* era uma das composições mais brilhantes da história da música. Tudo isto, sem dúvida ou hesitação, era verdade.

Mas Stravinski não estaria lá. Tinha enviado um telegrama desdenhoso e muito divulgado: "Sinto não poder juntar-me aos artistas soviéticos recém-chegados a este país. Mas as minhas convicções éticas e estéticas impedem este gesto."

E o que ele esperava dos Estados Unidos da América? Com certeza não os capitalistas de histórias em quadrinho, que usavam cartolas e coletes estampados com a bandeira dos Estados Unidos e marchavam pela Quinta Avenida, pisando no proletariado faminto. Também não esperava encontrar uma anunciada terra da liberdade – duvidava que um lugar assim existisse. Talvez tivesse imaginado uma combinação de avanço tecnológico, conformidade social e os hábitos sóbrios de uma nação pioneira enriquecida. Ilf e Petrov, depois de atravessar o país por terra, tinham escrito que pensar sobre os Estados Unidos os deixava melancólicos, enquanto produzia o efeito oposto sobre os próprios americanos. Também disseram que os americanos, ao contrário do que demonstravam na própria propaganda, eram muito passivos por natureza, já que tudo ao redor era pré-processado, desde ideias até alimentos. Até as vacas paradas nos campos pareciam anúncios de leite condensado.

A primeira surpresa tinha sido o comportamento dos jornalistas americanos. Na viagem de ida, estavam escondidos no aeroporto de Frankfurt, à espera do grupo. Berraram perguntas e enfiaram câmeras na cara dele. Exibiam uma grosseria sorridente, uma presunção de valores mais elevados. O fato de não conseguirem pronunciar seu nome era culpa do próprio nome, não deles. Então inventaram um apelido.

– Ei, Shosti, olhe para cá! Acene para nós com o seu chapéu!

Isso tinha sido depois, no aeroporto LaGuardia. Obedientemente, havia erguido o chapéu e acenado, bem como os companheiros de delegação.

– Ei, Shosti, sorria!

– Ei, Shosti, o que você acha dos Estados Unidos?

– Ei, Shosti, você prefere louras ou morenas?

Sim, tinham até perguntado isso. Se em casa era espionado por homens que fumavam Belomory, aqui nos Estados Unidos era espionado pela imprensa. Depois da aterrissagem do avião, um jornalista se apossou de uma aeromoça e a interrogou a respeito do comportamento da delegação soviética durante o voo. Ela contou que tinham conversado com os outros passageiros e bebido martinis secos e uísque com soda. E a informação foi publicada no *New York Times* como se fosse relevante!

As coisas boas primeiro. A mala estava cheia de discos e cigarros americanos. Ele tinha ouvido os alunos da Julliard executarem três quartetos de Bartok e os encontrara depois, nos bastidores. Tinha ouvido a Filarmônica de Nova York sob a regência de Stokowski num programa de Panufnik, Virgil Thomson, Sibelius, Khachaturian e Brahms. Tinha tocado – com as mãos pequenas, "não pianísticas" – o segundo movimento da própria Quinta Sinfonia no Madison Square Garden, diante de quinze mil pessoas. Os aplausos foram ensurdecedores, intermináveis, competitivos. Bem, os Estados Unidos eram a terra da competição, então, talvez, o público quisesse provar que podia bater palmas mais alto e por mais tempo do que as plateias russas. Isto o havia deixado constrangido e – quem sabe? – talvez também ao Departamento de Estado. Tinha conhecido alguns artistas americanos que o receberam com muita cordialidade: Aaron Copland, Clifford Odets, Arthur Miller, um jovem escritor chamado Mailer. Recebera um enorme pergaminho como agradecimento pela visita, assinado por quarenta e dois músicos de Artie Shaw a Bruno Walter. E aqui terminavam as coisas boas. Colheradas de mel num barril de alcatrão.

Tinha desejado não ser reconhecido no meio de centenas de outros participantes, mas descobriu, desanimado, que era a estrela da delegação soviética. Havia feito um pequeno discurso na sexta-feira à noite e um discurso enorme na noite de sábado. Respondera perguntas e posado para fotografias. Foi bem tratado; um sucesso de público – e também sofrera a maior humilhação da sua vida. Sentira apenas aversão e desprezo por si mesmo. Aquilo tinha sido a armadilha perfeita, mais ainda porque as duas partes dela não estavam conectadas. Comunistas de um lado, capitalistas do outro, ele no meio. E nada a fazer exceto correr pelos corredores brilhantemente iluminados de algum experimento, enquanto uma série de portas se abriam diante dele e se fechavam imediatamente às suas costas.

E tudo tinha começado por causa de outra ida de Stálin à ópera. Não era irônico? O fato de não ser nem mesmo uma ópera sua, mas de Muradeli, não fez diferença alguma, nem no final e, na realidade, nem no começo. Naturalmente, aquele tinha sido um ano bissexto: 1948.

Era lugar-comum que a tirania tinha virado o mundo de cabeça para baixo; entretanto, não deixava de ser verdade. Nos doze anos entre 1936 e 1948, o período em que mais se sentira seguro fora o da Grande Guerra Patriótica. O salvamento pela desgraça, como dizem. Milhões e milhões morreram, mas pelo menos o sofrimento se tornou mais geral, e era nisso que estava a salvação temporária. Porque, embora pudesse ser paranoica, a tirania não era necessariamente burra. Se fosse burra, não sobreviveria. A tirania entendia como algumas partes das pessoas – as partes fracas – funcionavam. Durante anos tinha matado padres e fechado igrejas, mas, se os soldados lutavam mais valentemente sob as bênçãos deles, então os padres seriam trazidos de volta para cumprir a utilidade de curto prazo. E se em tempos de guerra as pessoas precisavam de música para manter o espírito elevado, então os compositores também seriam postos em ação.

Se o Estado fazia concessões, os cidadãos, também. Ele fez discursos políticos escritos por outras pessoas, mas – o mundo tinha virado de cabeça para baixo de tal forma – eram discursos cujos sentimentos, e cuja linguagem, ele poderia na realidade endossar.

Num encontro antifascista de artistas, falou sobre "nossa gigantesca batalha contra o vandalismo alemão" e sobre a "missão para libertar a humanidade da praga marrom". "Tudo pelo Front", disse, como se fosse o próprio Poder. Foi confiante, fluente, convincente. "Em breve, tempos melhores virão", prometeu aos colegas artistas, imitando Stálin.

A praga marrom incluía Wagner – um compositor que sempre havia trabalhado para o Poder. Entrara e saíra de moda durante todo o século, dependendo da política do dia. Quando o Pacto Molotov-Ribbentrop foi assinado, a Mãe Rússia abarcara o novo aliado fascista como uma viúva de meia-idade abraça um vizinho jovem e robusto, com mais entusiasmo ainda em virtude da paixão tardia e contra todo bom senso. Wagner se tornara novamente um grande compositor, e Eisenstein fora instruído a reger *A Valquíria* no Bolshoi. Menos de dois anos depois, Hitler invadiu a Rússia, e Wagner voltou a ser um vil fascista, uma parte da escória marrom.

Tudo isso havia sido uma comédia de humor negro; embora tenha obscurecido a questão mais importante. Pushkin pusera as palavras na boca de Mozart:

> Gênio e maldade
> São duas coisas incompatíveis. Concorda?

Ele concordava. Wagner tinha uma alma má, e isso era evidente. Era malvado em seu antissemitismo e em outras posturas raciais. Portanto, não podia ser um gênio, apesar de todo o brilho de sua música.

*

Ele tinha passado grande parte da guerra em Kuibyshev com a família. Estavam seguros lá, e ele ficou menos ansioso quando a mãe saiu de Leningrado e pôde se juntar ao grupo. Além disso, havia menos gatos afiando as garras em sua alma. Claro que, como um membro patriótico da União de Compositores, frequentemente recebia convocações de Moscou. Então, embrulhava linguiça de alho e vodca em quantidade suficiente para durar toda a viagem. "A melhor ave é a linguiça", como diziam na Ucrânia. Os trens ficavam parados durante horas, às vezes dias; nunca era possível saber quando a viagem seria interrompida, fosse por movimentos repentinos de tropas ou por falta de carvão.

Ele viajava na primeira classe, felizmente, já que os vagões da classe popular eram iguais a enfermarias de casos potenciais de tifo. Para evitar qualquer contágio, usava um amuleto de alho no pescoço e outro nos pulsos. "O cheiro vai afastar as moças", explicava, "mas este tipo de sacrifício precisa ser feito em tempos de guerra."

Uma vez, voltava de Moscou com... não, não conseguia se lembrar. Dois dias fora, o trem havia parado em alguma plataforma comprida e empoeirada. Eles abriram a janela e enfiaram as cabeças para fora. O sol do começo da manhã brilhava à frente e a canção pornográfica de um mendigo ecoava em seus ouvidos. Tinham dado um pouco de linguiça ao pedinte? Vodca? Alguns copeques? Por que se lembrava vagamente daquela estação, daquele mendigo no meio de milhares de outros? Tinha a ver com uma piada? Um dos três tinha feito uma brincadeira? Mas quem? Não, não adiantava.

Não conseguia se lembrar das obscenidades do mendigo. O que lhe veio à cabeça em vez disso foi uma canção de soldados do século anterior. Não sabia qual era a melodia, só a letra, que tinha encontrado um dia, enquanto examinava as cartas de Turgenev:

> Rússia, minha mãe adorada,
> Ela não pega nada à força;
> Ela só pega o que lhe é entregue voluntariamente
> Enquanto encosta uma faca na garganta de alguém.

Turgenev não era de seu gosto literário: civilizado demais, não fantasiava o bastante. Preferia Pushkin, Tchekhov e, acima de todos, Gogol. Mas mesmo Turgenev, com todos os defeitos, tinha um pessimismo verdadeiramente russo. Na realidade, compreendia que ser russo era ser pessimista. Também escrevera que, por mais que alguém esfregasse um russo, ele sempre permaneceria russo. Foi isso que Karl Marx e seus descendentes jamais compreenderam. Queriam ser engenheiros da alma humana; mas os russos, apesar de todos os defeitos, não eram máquinas. Então esse grupo não construía nada; apenas esfregava. Esfrega, esfrega, esfrega, vamos cobrir toda essa velha tinta russa, vamos pintar uma nova e brilhante tinta soviética por cima. Mas isso nunca funcionou – a tinta descascava assim que era aplicada.

Ser russo era ser pessimista; ser soviético era ser otimista. Por isso é que a expressão *Rússia Soviética* era uma contradição. O Poder nunca havia entendido isso. Achava que, se matasse uma quantidade suficiente da população e alimentasse o resto com uma dieta de propaganda e terror, o resultado seria o otimismo. Mas onde estava a lógica disso? Assim, não paravam de dizer, de diferentes formas e com diferentes palavras, em editoriais de jornais e apresentações burocráticas, que o que queriam era "um Shostakovich otimista". Outra contradição.

Um dos poucos lugares onde otimismo e pessimismo podiam coexistir alegremente era a vida em família – onde, aliás, a presença de ambos é necessária para a sobrevivência. Assim, por exemplo, ele amava Nita (otimismo), mas não sabia se era um bom marido (pessimismo). Era um homem ansioso, e sabia que a ansiedade deixa as pessoas egoístas, transformando-as em más companhias. Nita saía para trabalhar; assim que ela chegava ao Instituto, ele ligava para perguntar a que horas ia voltar para casa. Sabia que isso era irritante; mas a ansiedade sempre vencia.

Amava os filhos (otimismo), mas não tinha certeza se era um bom pai (pessimismo). Às vezes achava que o amor que tinha pelos filhos era anormal, até mesmo mórbido. Bem, a vida não é um passeio pelo campo, como diz o ditado.

Galya e Maxim foram ensinados a nunca mentir e a ser sempre educados. Ele insistia nas boas maneiras. Desde cedo, explicou a Maxim que homens deveriam ir na frente das damas ao subir uma escada, mas atrás ao descer. Quando os dois ganharam bicicletas, os fez aprender o código de trânsito, e o empregava mesmo quando pedalavam por uma trilha isolada na floresta: braço esquerdo esticado para indicar curva para a esquerda, braço direito esticado para indicar curva para a direita. Em Kuibyshev também supervisionava os exercícios físicos dos filhos todas as manhãs. Ligava o rádio, e os três seguiam as instruções de um cara animado chamado Gordeyev. "Isso mesmo! Pés separados até a linha dos ombros! Primeiro exercício..." E assim por diante.

Fora estes movimentos físicos paternos, ele não treinava o corpo; apenas o habitava. Um amigo um dia tinha mostrado o que chamava de ginástica para intelectuais. Pegava uma caixa de fósforos e jogava os palitos no chão, depois se inclinava e recolhia todos, um por um. Da primeira vez que tentou, ele perdeu a paciência e enfiou todos os fósforos de volta na caixa, aos punhados. Insistiu, mas na vez seguinte, quando estava se inclinando, o telefone tocou e ele teve que sair imediatamente; então a empregada teve que catar os fósforos.

Nita adorava esquiar e escalar montanhas; ele entrava num estado de terror mortal assim que sentia a neve traiçoeira debaixo dos esquis. Ela gostava de lutas de boxe; ele não tolerava a visão de um homem surrando outro quase até a morte. Não conseguia sequer dominar a forma de exercício mais próxima à sua arte: a dança. Era capaz de compor uma polca, sabia tocá-la ao piano, mas, se o pusessem na pista de dança, não conseguia fazer os pés obedecerem-no.

O que gostava de fazer era jogar paciência, o que o acalmava; ou jogar cartas com amigos, desde que apostassem. E embora não fosse robusto e não tivesse coordenação motora suficiente para praticar esportes, gostava de ser árbitro. Antes da guerra, em Leningrado, tinha se qualificado como árbitro de futebol. Durante o exílio em Kuibyshev, organizava competições de vôlei, nas quais era árbitro. Costumava anunciar solenemente, numa das poucas frases em inglês que tinha aprendido: "Está na hora de jogar vôlei." E depois acrescentava, em russo, a frase favorita de um comentarista esportivo: "O jogo acontecerá, não importa o clima."

Galya e Maxim raramente eram castigados. Quando faziam algo errado ou desonesto, os pais imediatamente entravam em um estado de extrema ansiedade. Nita sempre franzia a testa e olhava para os filhos com ar de desaprovação; ele acendia um cigarro atrás do outro e andava para cima e para baixo. Essa demonstração de angústia normalmente era castigo suficiente para os filhos. Além disso, o país inteiro era uma cela de castigo: por que introduzir uma criança tão cedo em algo que iria vivenciar tanto durante a vida toda?

Ainda assim, havia alguns casos de extrema desobediência. Uma vez, Maxim tinha inventado um acidente de bicicleta, fingindo estar machucado, talvez até inconsciente, e em seguida dera um pulo e começara a rir do desespero dos pais. Em ocasiões como essa, ele dizia a Maxim (porque normalmente era Maxim): "Por favor, venha falar comigo no meu escritório. Preciso ter uma conversa séria com você." E mesmo essas palavras provocavam certo sofrimento no menino. No escritório, fazia Maxim escrever o que tinha feito, em seguida prometer que nunca mais se comportaria assim, depois assinar e datar o documento. Se Maxim repetisse a travessura, ele o chamava ao escritório, tirava da gaveta da escrivaninha a promessa e o fazia ler em voz alta o que havia escrito. Embora às vezes a vergonha do garoto fosse tanta que o pai tinha a sensação de ser castigado junto com o filho.

As melhores lembranças do exílio nos tempos de guerra eram coisas simples: ele e Galya brincando com um bando de porcos, tentando agarrar aqueles pacotes eriçados e resfolegantes de carne; Maxim fazendo a famosa imitação de um policial búlgaro amarrando os cadarços das botas. Passavam os verões numa propriedade em Ivanovo, onde a Fazenda Coletiva de Aves Número 69 se tornou uma Casa de Compositores ad hoc. Compôs a Oitava Sinfonia numa escrivaninha que consistia numa tábua de madeira pregada na parede de um galinheiro reformado. Sempre conseguia trabalhar, apesar do caos e do desconforto ao redor. Essa era a salvação. Outros se distraíam com os sons da vida normal. Zangado, Prokofiev expulsava Maxim e Galya mesmo se conseguisse ouvi-los simplesmente sendo eles mesmos a qualquer distância do quarto; mas ele próprio era impermeável ao barulho. Só o que o incomodava era o latido dos cachorros: aquele som insistente e histérico penetrava na música que ouvia em sua cabeça. Era por isso que preferia gatos a cachorros. Os gatos o deixavam compor em paz.

Aqueles que não o conheciam e que não se interessavam muito por música provavelmente imaginavam que o trauma de 1936 tinha ficado para trás. Cometera um enorme erro ao compor *Lady Macbeth de Mtsensk*, e o Poder o havia castigado adequadamente. Arrependido, compusera uma resposta criativa de um artista soviético à crítica justa. Depois, durante a Grande Guerra Patriótica, tinha composto a Sétima Sinfonia, cuja mensagem de antifascismo ecoara pelo mundo. E, então, estava perdoado.

Mas aqueles que entendiam como a religião – e portanto o Poder – agia devem ter sido mais perspicazes. O pecador podia ter sido reabilitado, mas isso não significava que o pecado em si fora expurgado da face da Terra; longe disso. Se o compositor mais famoso do país podia cometer um erro, esse erro devia ser pernicioso e perigoso para os outros. Então o pecado precisava ser nomeado, e reiterado, e ter as consequências eternamente anunciadas. Em outras palavras, "Confusão em vez de música" tinha se tornado um texto didático e fazia parte de cursos sobre história da música.

Da mesma forma, o principal pecador não podia seguir um caminho sem supervisão. Aqueles versados em linguística religiosa, que haviam estudado a linguagem daquele editorial do *Pravda* com a devida atenção, devem ter notado uma referência implícita às trilhas sonoras de filmes. Stálin tinha expressado uma grande admiração pelas músicas que Dmitri Dmitrievich compusera para a trilogia *Maxim*; enquanto Jdanov costumava tocar "A canção do contraplano" para a esposa todas as manhãs. A opinião daqueles que estavam no nível mais elevado era que Dmitri Dmitrievich Shostakovich não era uma causa perdida, e era capaz, *se fosse adequadamente orientado*, de compor músicas objetivas e realistas. A arte pertencia ao povo, como Lênin havia decretado; e o cinema era muito mais útil e valioso para o povo soviético do que a ópera. E assim, Dmitri Dmitrievich contava agora com uma orientação adequada, e o resultado disso é que em 1940 ele recebeu a Condecoração Vermelha do Trabalho como prêmio pelas trilhas sonoras que compusera para o cinema. Se continuasse a seguir o caminho certo, aquela seria com certeza a primeira de muitas homenagens.

★

No dia 5 de janeiro de 1948 – doze anos depois da visita abreviada a *Lady Macbeth de Mtsensk* –, Stálin e sua entourage estavam de novo no Bolshoi, desta vez para assistir a *A grande amizade* de Vano Muradeli. O compositor e presidente do Fundo Musical Soviético orgulhava-se de compor uma música melódica, patriótica e socialista-realista. A ópera, encomendada para comemorar o décimo terceiro aniversário da Revolução de Outubro, fora suntuosamente montada e já tivera dois meses de enorme sucesso. Tinha como tema a consolidação do poder comunista no norte do Cáucaso durante a Guerra Civil.

Muradeli era um georgiano que conhecia a própria história; para a sua infelicidade, Stálin também era e a conhecia melhor ainda. Muradeli tinha retratado os georgianos e os ossetas se rebelando contra o Exército Vermelho; Stálin, porém – até porque era filho de uma osseta –, sabia que o que havia realmente acontecido no período 1918-20 era que os georgianos e os ossetas se juntaram aos bolcheviques russos para lutar em defesa da Revolução. Foram as ações contrarrevolucionárias dos chechenos e dos inguches o que havia atrapalhado a criação da Grande Amizade entre os muitos povos da futura União Soviética.

Muradeli havia composto este erro histórico-político com um erro musical igualmente grosseiro. Tinha incluído na ópera uma *lezghinka* – que, como sem dúvida sabia, era a dança favorita de Stálin. Mas em vez de escolher uma *lezghinka* autêntica e conhecida, celebrando assim as tradições populares do povo caucasiano, o compositor tinha preferido egoisticamente inventar a própria dança "no estilo da *lezghinka*".

Cinco dias depois, Jdanov convocara uma conferência de setenta músicos e musicólogos para discutir a influência contínua e corrosiva do formalismo; poucos dias depois, o comitê central publicou o Decreto Oficial "Acerca da Ópera de V. Muradeli *A grande amizade*". O compositor ficou sabendo que sua música, longe de ser tão melódica e patriótica quanto havia suposto, grasnava e rosnava. Também foi considerado um formalista que apresentava "combinações neuropatológicas e confusas", destinadas a "um círculo estreito de especialistas e apreciadores". Como precisava salvar a carreira, senão a pele, Muradeli forneceu a melhor explicação que pôde: havia sido iludido por outros. Fora seduzido e levado a tomar o caminho errado especificamente por Dmitri Dmitrievich Shostakovich e, mais especificamente ainda, por *Lady Macbeth de Mtsensk*, obra desse compositor.

Jdanov lembrou mais uma vez aos compositores do país que as críticas expressas no editorial do *Pravda* em 1936 ainda eram válidas: era necessário fazer Música – harmoniosa e graciosa –, não Confusão. Os principais culpados citados foram Shostakovich, Prokofiev, Khachaturian, Myaskovski e Shebalin. A música que compunham foi comparada ao som de uma britadeira e de "uma câmara de gás musical". A palavra que Jdanov usou foi *dushegubka*, o nome do caminhão que os fascistas usavam para asfixiar os passageiros com os gases de escapamento do motor.

A paz tinha voltado, e portanto o mundo estava outra vez de cabeça para baixo; o Terror havia retornado, e também a insanidade. Num congresso extraordinário convocado pela União dos Compositores, um musicólogo, cuja ofensa fora escrever um livro ingenuamente elogioso sobre Dmitri Dmitrievich, se desculpou e, em desespero, disse que pelo menos nunca pusera os pés no apartamento do compositor. Chamou o compositor Yuri Levitin para corroborar a declaração. Levitin afirmou "com uma consciência limpa" que o musicólogo nunca havia respirado o ar contaminado da casa do formalista.

No congresso, a Oitava Sinfonia foi um dos alvos, assim como a Sexta de Prokofiev. Sinfonias cujo tema era a guerra; sinfonias que afirmavam que a guerra era trágica e terrível. Mas os compositores formalistas estavam errados: a guerra era gloriosa e triunfante, e devia ser celebrada! Em vez disso, tinham caído num "individualismo doentio", bem como em "pessimismo". Ele recusara o convite para participar do congresso. Estava doente. De fato, desejava cometer suicídio. Enviou pedidos de desculpas. As desculpas não foram aceitas. Aliás, o congresso iria permanecer em sessão até a hora em que o grande reincidente Dmitri Dmitrievich Shostakovich pudesse comparecer: se necessário, enviariam médicos para avaliar seu estado de saúde e tratá-lo. "Não há como fugir ao próprio destino", e então ele compareceu. Foi orientado a fazer uma retratação pública. Ao se encaminhar para a plataforma, imaginando o que poderia dizer, um discurso foi enfiado em sua mão. Ele o leu numa voz sem entonação. Prometeu seguir as orientações do Partido no futuro e escrever músicas melódicas para o povo. No meio da leitura oficial, levantou os olhos do texto, olhou em volta e disse, numa voz desanimada: "Sempre achei que, quando componho sinceramente, expressando meus sentimentos verdadeiros, minha música não pode ser 'contra' o Povo, e que, afinal de contas, eu mesmo sou um representante... numa escala pequena... do Povo."

Voltara do congresso num estado de colapso. Foi demitido do emprego de professor tanto no conservatório de Moscou quanto no de Leningrado, e se perguntava se seria melhor ficar calado. Em vez disso, para manter a sanidade, resolveu compor uma série de prelúdios e fugas, a exemplo de Bach. Naturalmente, as composições foram a princípio condenadas: disseram que tinha pecado novamente contra "a realidade que o cercava". Da mesma forma, não podia esquecer as palavras – algumas de sua autoria, outras fornecidas a ele – que haviam saído de sua boca nas semanas anteriores. Não só aceitara a crítica à sua obra como a aplaudira. Tinha, com efeito, repudiado *Lady Macbeth de Mtsensk*. Ele se lembrou do que dissera a um colega compositor, certa vez, sobre honestidade artística e honestidade pessoal, e quanto disto é alocado a cada um de nós.

Então, depois de um ano de desgraça, teve a Segunda Conversa com o Poder. "O trovão vem do céu, não de uma pilha de bosta", como diz o poeta. Estava sentado em casa com Nita e o compositor Levitin no dia 16 de março de 1949 quando o telefone tocou. Ele atendeu, ouviu, franziu a testa, depois disse para os outros dois:
– Stálin vai falar comigo.
Nita correu imediatamente para a outra sala e pegou a extensão.
– Dmitri Dmitrievich – a voz do Poder começou –, como vai?
– Obrigado, Iosif Vissarionovich, tudo está bem. Só estou sofrendo um pouco do estômago.
– Sinto muito por ouvir isso. Vamos achar um médico para você.
– Não, obrigado. Não preciso de nada. Tenho tudo o que preciso.
– Isso é bom. – Houve uma pausa. Então o forte sotaque da Geórgia, a voz de um milhão de rádios e alto-falantes, perguntou se ele estava sabendo do Congresso Cultural e Científico para a Paz Mundial que aconteceria em Nova York. Ele disse que sim.
– E o que você acha disso?
– Eu acho, Iosif Vissarionovich, que a paz é sempre melhor do que a guerra.
– Ótimo. Então você concorda em comparecer como um dos nossos representantes.
– Não, eu não posso, sinto muito.
– Você *não pode*?
– O camarada Molotov me convidou. Eu disse a ele que não estava bem de saúde o suficiente para comparecer.
– Então, como disse, vou mandar um médico para curá-lo.
– Não é só isso. Eu passo mal no ar. Não posso voar.
– Isso não será um problema. O médico irá receitar uns comprimidos para você.

– É muita bondade sua.
– Então você irá?
Ele fez uma pausa. Parte dele estava consciente de que uma única sílaba ligeiramente errada poderia levá-lo para um campo de trabalhos forçados, enquanto que outra parte dele, para sua surpresa, estava além do medo.
– Não, eu realmente não posso ir, Iosif Vissarionovich. Por outro motivo.
– Sim?
– Eu não tenho um fraque. Não posso me apresentar em público sem um fraque. E não tenho dinheiro para comprar um.
– Isto não é problema meu, Dmitri Dmitrievich, mas tenho certeza de que a oficina da administração do Comitê Central será capaz de fazer um para você.
– Obrigado. Entretanto, eu peço desculpas, mas existe um outro motivo.
– Que você irá também me contar.
Sim, era possível que Stálin não soubesse.
– O fato é que eu me encontro numa posição muito difícil. Lá, na América, minha música é muito tocada, enquanto que aqui não. Eles iriam me perguntar sobre isso. E como eu me comportaria numa situação dessas?
– Como assim, Dmitri Dmitrievich, a sua música não é tocada?
– Está proibida. Assim como a música de muitos dos meus colegas da União dos Compositores.
– Proibida? Proibida por quem?
– Pela Comissão Federal de Repertórios. Desde o dia 14 de fevereiro do ano passado. Há uma longa lista de obras que não podem ser tocadas. Mas a consequência, como você pode imaginar, Iosif Vissarionovich, é que os organizadores de concertos não querem programar apresentações de nenhuma das minhas composições, também. E os músicos têm medo de tocá-las. Então eu estou, com efeito, na lista negra. Assim como os meus colegas.

– E quem deu uma ordem dessas?
– Deve ter sido um dos camaradas no poder.
– Não – a voz do Poder respondeu. – Nós não demos essa ordem. Ele deixou o Poder refletir sobre o assunto.
– Não, nós não demos essa ordem. É um erro. O erro será corrigido. Nenhuma de suas obras foi proibida. Podem ser tocadas livremente. Este sempre foi o caso. Terá que haver uma reprimenda oficial.

Alguns dias depois, junto com outros compositores, ele recebeu uma cópia da ordem original de banimento. Grampeada ao documento, estava uma certidão que reconhecia que o decreto era ilegal e repreendia a Comissão Federal de Repertório por tê-lo lançado. A correção estava assinada: "Presidente do Conselho de Ministros da URSS, eu, Stálin."

E então ele tinha ido para Nova York.

Em sua cabeça, grosseria e tirania estavam intimamente ligadas. Não havia deixado de perceber que Lênin, quando ditara o próprio testamento político e considerara possíveis sucessores, afirmara que o principal defeito de Stálin era a "grosseria". E em seu próprio mundo, ele odiava ver governantes descritos elogiosamente como "ditadores". Ser grosseiro com um músico de orquestra que fazia o melhor que podia era vergonhoso. E esses tiranos, esses imperadores da batuta, adoravam tal terminologia – como se uma orquestra só pudesse tocar bem se fosse chicoteada, debochada e humilhada.

Toscanini era o pior. Ele nunca tinha visto o regente em ação; só o conhecia de discos. Mas tudo estava errado – os tempos, as nuances, o espírito... Toscanini fazia picadinho da música e depois despejava um molho nojento para finalizar. Era irritante. O "maestro" uma vez enviara uma gravação da sua Sétima Sinfonia. Ele escrevera de volta, apontando os diversos erros do famoso regente. Mas não sabia se Toscanini tinha recebido a carta e, se a recebeu, fora capaz de compreendê-la. Talvez tivesse suposto que só continha elogios, porque logo depois chegou a Moscou a notícia gloriosa de que ele, Dmitri Dmitrievich Shostakovich, tinha sido eleito membro honorário da Sociedade Toscanini! E logo depois disso, começou a receber discos de presente, todos regidos pelo grande condutor de escravos. Nunca os escutou, é claro, mas os empilhou para dar de presente. Não para os amigos, mas para certos conhecidos, aqueles que sabia que iriam ficar encantados.

Não era só uma questão de *amour propre*; ou algo que só tinha a ver com música. Esses regentes berravam e xingavam diante das orquestras, faziam cenas, ameaçavam demitir o clarinete principal por um atraso. E a orquestra, obrigada a aguentar aquilo, reagia contando histórias por trás das costas do regente – histórias que o tornavam um "verdadeiro personagem". Então os músicos acabavam acreditando naquilo em que o próprio imperador da batuta acreditava: que só estavam tocando bem porque eram chicoteados. Agrupavam-se num rebanho masoquista e, ocasionalmente, trocavam observações irônicas entre si, mas, fundamentalmente, admiravam o líder por sua nobreza e seu idealismo, por sua determinação, por sua capacidade de enxergar mais amplamente do que aqueles que apenas bufavam atrás de uma mesa. O maestro, embora ríspido às vezes por necessidade, era um grande líder que devia ser seguido. Agora, quem ainda negaria que uma orquestra era um microcosmo da sociedade?

Então, quando um regente desses, impaciente com a mera partitura à frente, imaginava um erro ou um defeito, ele sempre dava a resposta educada e ritual que havia aperfeiçoado durante tanto tempo.

Então imaginou a seguinte conversa:

Poder: – Olha, nós fizemos a Revolução!

Cidadão Segundo Oboé: – Sim, é uma revolução maravilhosa, é claro. E um grande progresso em relação ao que havia antes. É realmente um feito extraordinário. Mas eu me pergunto de vez em quando... Posso estar completamente errado, é claro, mas era absolutamente necessário matar todos aqueles engenheiros, generais, cientistas, musicólogos? Mandar milhões para os campos de concentração, usar trabalho escravo e fazê-los trabalhar até a morte, para deixar todos tão aterrorizados, para arrancar confissões falsas em nome da Revolução? Montar um sistema no qual, mesmo que seja na periferia, existem centenas de homens que esperam, todas as noites, ser arrancados da cama e levados à Grande Casa ou para Lubyanka, para serem torturados e forçados a assinar papéis inteiramente forjados e, depois, serem mortos com um tiro na nuca? Só estou me perguntando, você sabe.

Poder: – Sim, sim, entendo o raciocínio. Estou certo de que você tem razão. Mas vamos deixar assim por ora. Faremos a mudança da próxima vez.

Durante algum tempo, tinha feito o mesmo brinde do Ano-Novo. No decorrer de trezentos e sessenta e quatro dias no ano o país teria que ouvir a insistência diária, insana, do Poder, de que tudo era feito com a melhor das intenções no melhor dos mundos, de que o Paraíso tinha sido criado, ou seria criado em breve, quando mais algumas árvores fossem derrubadas e mais alguns milhões de estilhaços voassem, e mais algumas centenas de milhares de sabotadores fossem fuzilados. De que tempos mais felizes viriam – a menos que já tivessem chegado. E de que no tricentésimo sexagésimo quinto dia ele iria erguer o copo e dizer, com a voz mais solene: "Vamos fazer um brinde – que as coisas não melhorem mais!"

Evidentemente, a Rússia tivera outros tiranos; por isso é que a ironia tinha se desenvolvido tanto. "A Rússia é a pátria dos elefantes", como dizia o ditado. A Rússia inventou tudo porque...

bem, primeiro porque antes fora a Rússia, onde as ilusões eram normais; e, segundo, porque agora era a União Soviética, a nação com o maior desenvolvimento social da história, onde era natural que as coisas fossem descobertas primeiro. Então, quando a Ford Motor Company abandonou o Modelo Ford A, as autoridades soviéticas compraram a fábrica inteira: e, então, surgiu na Terra um autêntico ônibus de vinte lugares de design soviético, um caminhão leve! O mesmo ocorreu com as fábricas de tratores: uma linha de produção americana, importada dos Estados Unidos, montada por especialistas americanos, de repente passou a produzir tratores soviéticos. Ou então alguém copiava uma câmera Leica, que nascia de novo como uma FED, batizada em homenagem a Felix Dzerjinski, e portanto inteiramente soviética. Quem disse que o tempo dos milagres tinha acabado? E tudo feito com palavras, cujos poderes transformadores eram verdadeiramente revolucionários. Por exemplo, o pão francês. Todos o conheciam como tal, e o chamavam assim havia anos. Então, um dia, o pão francês desapareceu das lojas. No lugar, surgiu o "pão da cidade" – exatamente igual, é claro, mas agora era o produto patriótico de uma cidade soviética.

Quando falar a verdade se tornou impossível – porque tinha como consequência a morte imediata –, foi preciso usar disfarces. Na música folclórica judaica, o desespero aparece disfarçado na forma de dança. E assim, o disfarce da verdade era a ironia. Porque os ouvidos dos tiranos raramente estão sintonizados para ouvi-la. A geração anterior – aqueles Velhos Bolcheviques que tinham feito a Revolução – não tinha compreendido isto, e foi em parte por causa disso que tantos morreram. A sua geração entendera isso mais instintivamente. E então, um dia depois de ter concordado quanto a ir a Nova York, ele escreveu a seguinte carta:

Caro Iosif Vissarionovich,
Em primeiro lugar, por favor, aceite minha sincera gratidão pela conversa que tivemos ontem. Você me apoiou muito, uma vez que a futura viagem à América me preocupava enormemente. Não posso deixar de sentir orgulho pela confiança que foi depositada em mim; cumprirei o meu dever. Falar em nome do nosso grande povo soviético em defesa da paz é uma grande honra. Minha indisposição não pode servir de impedimento para a realização de uma missão tão importante.

Ao assinar a carta, ele duvidou que o Grande Líder e Timoneiro a leria pessoalmente. Talvez seu conteúdo fosse repassado, e então a carta iria desaparecer em alguma pasta de algum arquivo. Poderia ficar lá durante décadas, talvez gerações, talvez por 200.000.000.000 anos; e então alguém poderia lê-la e imaginar o que exatamente – se é que havia alguma coisa – tinha desejado dizer.

Num mundo ideal, um jovem não deveria ser uma pessoa irônica. Nessa idade, a ironia impede o crescimento, atrapalha a imaginação. É melhor começar a vida num estado de espírito aberto e alegre, acreditando nos outros, sendo otimista e franco com todos a respeito de tudo. E, então, chega a hora de começar a entender melhor as coisas e as pessoas, de desenvolver um senso de ironia. A progressão natural da vida humana é do otimismo para o pessimismo; um senso de ironia ajuda a equilibrar o pessimismo, a criar equilíbrio, harmonia.

Mas este não era um mundo ideal, então a ironia surgia de forma súbita e estranha. Da noite para o dia, como um cogumelo; desastrosamente, como um câncer.

O sarcasmo era perigoso para quem o empregava, identificável como linguagem do destruidor e do sabotador. Mas a ironia –

talvez, às vezes, ele esperava – permitiria que conservasse o que valorizava, mesmo quando o ruído do tempo se tornava alto o bastante para quebrar as vidraças. O que ele valorizava? Música, família, amor. Amor, família, música. A ordem de importância costumava variar. A ironia podia proteger a música? Desde que a música continuasse a ser uma linguagem secreta que permitia que contrabandeasse coisas pelos ouvidos errados. Mas não podia existir apenas como um código: às vezes era preciso dizer as coisas de forma direta. A ironia poderia proteger seus filhos? Maxim, na escola, com dez anos de idade, tinha sido obrigado a caluniar o pai publicamente numa prova de música. Nestas circunstâncias, de que servia a ironia para Galya e Maxim?

Quanto ao amor – não sua expressão desajeitada, impulsiva, gaguejada, irritante, mas o amor em geral: havia sempre acreditado que o amor, como uma força da natureza, era indestrutível; e que, quando ameaçado, podia ser protegido, coberto, envolvido pela ironia. Agora já não tinha tanta certeza. A tirania se tornara tão eficiente em destruir – por que não destruiria também o amor, intencionalmente ou não? A tirania exigia que todos amassem o Partido, o Estado, o Grande Líder e Timoneiro, o Povo. Mas o amor individual – burguês e particularista – era uma distração desses "amores" grandiosos, nobres, sem sentido, irrefletidos. E nestes tempos, as pessoas estavam sempre em perigo de se tornarem menos do que eram inteiramente. Se fossem bastante aterrorizadas, elas se tornariam uma outra coisa, algo menor e reduzido: meras técnicas de sobrevivência. E, portanto, o que ele sentia não era apenas ansiedade, mas geralmente um medo absurdo: o medo de que os últimos dias do amor tivessem chegado.

Quando alguém cortava um pedaço de madeira, as lascas voavam: era isso que os construtores do socialismo gostavam de dizer. No entanto, e se a pessoa visse, quando largasse o machado, que havia reduzido todo o depósito de madeira a um monte de lascas?

*

No meio da guerra, tinha musicado *Six Verses by British Poets* – uma das obras banidas pela Comissão Federal de Repertório, e depois permitida novamente por Stálin. A quinta canção era o Soneto número 66 de Shakespeare: "Cansado de tudo isto, imploro por uma morte tranquila..." Como todos os russos, amava Shakespeare e o conhecera pelas traduções de Pasternak. Quando Pasternak lia o Soneto 66 em público, a plateia aguardava ansiosamente o nono verso:

E a arte emudecida pelo poder

Nesse ponto o público se juntava – alguns sussurravam, outros bem baixinho, os mais corajosos bem alto, mas todos desmentiam aquele verso, todos se recusavam a ficar mudos.

Sim, amava Shakespeare; antes da guerra, compusera a música para uma encenação de *Hamlet*. Quem podia duvidar de que Shakespeare tinha uma profunda compreensão da alma e da condição humanas? Havia uma representação maior da destruição das ilusões humanas do que *Rei Lear*? Não, não estava perfeitamente correto: a destruição só era possível com uma única grande crise. Melhor: o que aconteceu foi que as ilusões humanas desmoronaram, murcharam. Foi um processo longo e cansativo, como uma dor de dente que alcançava o fundo da alma. Mas era possível arrancar o dente e a dor passaria. As ilusões, no entanto, mesmo quando mortas, continuam a apodrecer e feder dentro de nós. Não podemos fugir do seu gosto e do seu cheiro. As carregamos conosco o tempo todo. Ele carregava.

Como era possível não amar Shakespeare? Shakespeare, afinal de contas, tinha amado a música. Suas peças eram cheias de música, mesmo as tragédias. Aquele momento em que, ao som da música, Lear desperta da loucura... E aquele momento, no

Mercador de Veneza, em que Shakespeare diz que o homem que não gosta de música não é confiável; que um homem assim seria capaz de um ato ignóbil, até mesmo de assassinato ou traição. Portanto, é claro que os tiranos odiavam música, por mais que se esforçassem em fingir amá-la. Embora odiassem a poesia ainda mais. Ele desejava ter estado naquela leitura feita pelos poetas de Leningrado, quando Akhmatova subiu ao palco e toda a plateia instintivamente ficou de pé para aplaudi-la. Um gesto que levou Stálin a perguntar, furioso: "Quem organizou a manifestação?" Mas, ainda mais do que a poesia, os tiranos odiavam e temiam o teatro. Shakespeare ergueu um espelho diante da natureza, e quem conseguia suportar ver seu próprio reflexo? Então *Hamlet* foi banido por muito tempo; Stálin odiava essa peça quase tanto quanto odiava *Macbeth*.

E no entanto, apesar de tudo isso, apesar do fato de ser inigualável em retratar tiranos mergulhados até os joelhos em sangue, Shakespeare era um tanto ingênuo. Porque seus monstros tinham dúvidas, pesadelos, dramas de consciência, culpa. Viam erguerem-se os espíritos daqueles que haviam matado. Mas na vida real, sob terror de verdade, onde estava a consciência culpada? Onde estavam os pesadelos? Tudo isso era sentimentalismo, falso otimismo, uma esperança de que o mundo seria o que nós quiséssemos que fosse e não o que era. Aqueles que cortavam a madeira e faziam as lascas voarem, aqueles que fumavam Belomory atrás de mesas na Grande Casa, aqueles que assinavam decretos e davam telefonemas, fechando um dossiê e com ele uma vida: será que alguns deles tinham pesadelos, ou jamais viram os espíritos dos mortos se erguerem para censurá-los?

Ilf e Petrov tinham escrito: "Não é suficiente amar o poder soviético. Ele precisa amar você." Jamais seria amado pelo poder soviético. Vinha do rebanho errado: da intelectualidade liberal daquela cidade suspeita de São Leninsburgo. A pureza proletária era tão importante para os soviéticos quanto a pureza ariana para os nazistas. Além disso, teve a vaidade, ou a burrice, de notar e lembrar que tudo o que o Partido tinha dito ontem geralmente estava em direta contradição com o que o Partido dizia hoje. Queria ser deixado em paz com a música e a família e os amigos: o mais simples dos desejos, entretanto um desejo impossível de ser realizado. Queriam reconstruí-lo junto com todo o resto. Queriam que se reinventasse, como um trabalhador escravo no Canal do Mar Branco. Exigiam "um Shostakovich otimista". Mesmo que o mundo estivesse mergulhado até o pescoço em sangue e lama, tinha que manter um sorriso no rosto. Mas fazia parte da natureza do artista ser pessimista e neurótico. Então, queriam que não fosse um artista. Mas já havia tantos artistas que não eram artistas! Como disse Tchekov: "Quando eles servem café, não tente encontrar cerveja lá dentro."

Da mesma forma, não tinha nenhuma das habilidades políticas necessárias: não gostava de lamber botas de borracha; não sabia quando conspirar contra os inocentes, quando trair os amigos. Precisava de alguém como Khrennikov para isso. Tikhon Nikolayevich Khrennikov: um compositor com a alma de um funcionário público. Khrennikov tinha um ouvido mediano para música, mas um ouvido perfeito quando se tratava de poder. Diziam que fora escolhido pessoalmente por Stálin, que tinha um instinto para essas coisas. "Um pescador reconhece outro pescador de longe", como diz o ditado.

Khrennikov vinha, apropriadamente, de uma família de comerciantes de cavalos. Achava natural receber ordens – bem como instruções em composição – daqueles com ouvidos de asnos. Desde meados de 1930 vinha atacando artistas com mais talento e originalidade do que ele, mas quando o próprio Stálin o nomeou Primeiro Secretário da União dos Compositores, em 1948, o poder se tornou oficial. Liderou a agressão aos formalistas e cosmopolitas sem raízes, usando toda aquela terminologia que fazia os ouvidos sangrarem. Carreiras foram arruinadas, trabalhos suprimidos, famílias destruídas...

Mas era obrigado a admirar aquela compreensão do poder; nisso, era inigualável. Em lojas, costumava-se expor cartazes exortando as pessoas a se comportarem corretamente: CLIENTE E VENDEDOR, SEJAM AMÁVEIS UM COM O OUTRO. Mas o vendedor era sempre mais importante do que os clientes; havia muitos clientes e só um vendedor. Da mesma forma, havia muitos compositores, mas só um Primeiro Secretário. Com os colegas, Khrennikov se comportava como um vendedor de loja que nunca tinha lido aqueles cartazes. Tornava o pequeno poder absoluto: negava isto, concedia aquilo. E como qualquer funcionário público bem-sucedido, nunca esquecia onde estava o verdadeiro poder.

Quando era professor no Conservatório, uma das obrigações de Dmitri Dmitrievich tinha sido ajudar a avaliar os alunos em ideologia marxista-leninista. Se sentava com o examinador chefe sob uma enorme faixa que declarava: A ARTE PERTENCE AO POVO – V. I. LÊNIN. Como não tinha uma compreensão profunda de teoria política, permanecia em silêncio durante a maior parte do tempo, até que um dia o superior o censurou por falta de participação. Então, quando a aluna seguinte entrou e o examinador chefe fez um sinal enfático em sua direção, ele fez a pergunta mais simples que pôde.

– Diga-me, a quem pertence a arte?

A estudante ficou perplexa. Delicadamente, ele tentou ajudá-la com uma sugestão:

– Bem, o que foi que Lênin disse?

Mas ela estava aterrorizada demais para entender a dica e, apesar de ele ter inclinado a cabeça e revirado os olhos para cima, não conseguiu localizar a resposta.

Em sua opinião, ela havia se saído bem, e quando ocasionalmente a via nos corredores ou nas escadarias do Conservatório, tentava dar um sorriso encorajador. Embora, como havia fracassado em entender a mais explícita das pistas, ela talvez achasse que os sorrisos, assim como os estranhos movimentos de cabeça e revirar de olhos, fossem tiques faciais que o eminente compositor não conseguia controlar. De qualquer forma, toda vez que passava por ela, a pergunta reverberava em sua cabeça: "Diga-me, a quem pertence a arte?"

A arte pertence a todos e a ninguém. A arte pertence a todos os tempos e a nenhum tempo. A arte pertence aos que criam e aos que desfrutam. A arte não pertence ao Povo e ao Partido, assim como nunca pertenceu à aristocracia e aos patronos. A arte é o sussurro da história, ouvido acima do ruído do tempo. A arte não existe em benefício da arte; existe em benefício do povo. Mas qual povo, e quem o define? Sempre pensara que a própria arte era antiaristocrática. Compunha, como os difamadores afirmavam, para uma elite burguesa cosmopolita? Não. Escrevia, como os difamadores desejavam, para o mineiro de Donbass, cansado de trabalhar e precisando de um estímulo? Não. Compunha música para todos e para ninguém. Compunha para aqueles que melhor apreciavam a música que escrevia, independentemente de origem social. Compunha para os ouvidos que conseguiam ouvir. E sabia, portanto, que todas as definições verdadeiras de arte são circulares, e todas as definições falsas dão à arte uma função específica.

Uma vez, um operador de guindaste tinha escrito uma canção e enviado a ele. Ele respondera: "Sua profissão é maravilhosa. Você está construindo casas que são extremamente necessárias. Meu conselho para você seria que continuasse com o seu trabalho, extremamente útil." Fez isso não porque acreditava que um operador de guindaste fosse incapaz de escrever uma canção, mas porque aquele candidato a compositor demonstrava tanto talento quanto ele mostraria se fosse colocado na cabine de um guindaste e instruído a operar as alavancas. E esperava que, se antigamente um aristocrata tivesse enviado uma composição de valor semelhante, ele tivesse a coragem de responder: "Excelência, a sua posição é extremamente distinta e exigente, uma vez que o senhor é responsável, por um lado, por manter a dignidade da aristocracia, e por outro, por cuidar do bem-estar daqueles que trabalham em sua propriedade. Meu conselho para o senhor seria que continuasse com o seu importante trabalho."

Stálin amava Beethoven. Era isso que dizia e que muitos músicos repetiam. Amava-o porque Beethoven era um verdadeiro revolucionário e também porque era exaltado, como as montanhas. Stálin amava tudo o que era exaltado, e era por isso que amava Beethoven. Ele tinha vontade de vomitar pelos ouvidos quando as pessoas diziam isso.

Mas havia uma consequência lógica no amor de Stálin por Beethoven. O alemão vivera, é claro, numa época burguesa, capitalista; então a solidariedade com o proletariado e o desejo de vê-lo libertar-se da servidão vinham inevitavelmente de uma consciência política pré-revolucionária. Tinha sido um precursor. Mas agora que a tão desejada Revolução havia acontecido, agora que a sociedade mais politicamente avançada da Terra fora construída, agora que Utopia, o Jardim do Éden e a Terra Prometida tinham se juntado em uma só coisa, era óbvio o que deveria surgir: O Beethoven Vermelho.

De onde quer que essa ideia ridícula tivesse vindo – talvez, como tantas outras coisas, tivesse saído pronta da cabeça do Grande Líder e Timoneiro –, tratava-se de um conceito que, uma vez articulado, devia encontrar uma personificação. Onde estava o Beethoven Vermelho? E então houve uma busca por todo o país, sem paralelo desde a procura de Herodes pelo menino Jesus. Bem, se a Rússia era a pátria dos elefantes, por que não seria também a pátria do Beethoven Vermelho?

Stálin afirmou que todos eram parafusos no mecanismo do Estado. Mas o Beethoven Vermelho seria uma peça poderosa, difícil de esconder. Obviamente, deveria ser um perfeito proletário e um membro do Partido. Condições que, felizmente, deixavam de fora Dmitri Dmitrievich Shostakovich. Apontaram, por um tempo, para Alexander Davidenko, que tinha sido um dos líderes do RAPM. A canção "Eles queriam nos derrotar, nos derrotar", escrita para comemorar a vitória gloriosa do Exército Vermelho sobre os chineses em 1929, tinha sido ainda mais popular do que "A canção do contraplano". Executada por solistas e coros, por pianistas, violinistas e quartetos de cordas, tinha agitado e alegrado o país por toda uma década. Num certo ponto, pareceu que iria substituir todas as músicas existentes.

As credenciais de Davidenko eram impecáveis. Tinha ensinado num orfanato em Moscou; supervisionara as atividades líricas da União dos Sapateiros, da União dos Operários Têxteis e até da Frota do Mar Negro em Sevastopol. Havia escrito uma ópera genuinamente proletária sobre a Revolução de 1905. E no entanto, no entanto... apesar de todas essas qualificações, teimosamente nunca deixara de ser o compositor de "Eles queriam nos derrotar, nos derrotar". Uma obra adequadamente melódica, claro, e inteiramente destituída de tendências formalistas. Mas de algum modo Davidenko tinha fracassado em evoluir a partir daquele enorme sucesso e obter o título que Stálin estava ansioso para conceder. O que pode ter sido para a sua sorte. O Beethoven Vermelho, uma vez coroado, talvez tivesse o mesmo destino do Napoleão Vermelho. Ou de Boris Kornilov, que escrevera a letra do *Contraplano*. Todas aquelas palavras muito amadas colocadas na "Canção", e todas aquelas gargantas que a haviam cantado, não foram capazes de salvá-lo de ser preso em 1937 e expurgado, como gostavam de dizer, em 1938.

A busca pelo Beethoven Vermelho podia ter sido uma comédia; só que nada que envolvesse Stálin era uma comédia. O Grande Líder e Timoneiro poderia facilmente ter decidido que o fracasso do surgimento do Beethoven Vermelho não tinha nada a ver com a organização da vida musical na União Soviética, mas tudo a ver com as atividades de destruidores e sabotadores. E quem iria querer sabotar a busca pelo Beethoven Vermelho? Ora, musicólogos formalistas, claro! Bastava dar tempo suficiente e a NKVD iria sem dúvida desencavar a conspiração dos musicólogos. E isso também não seria nenhuma piada.

Ilf e Petrov tinham informado que não havia crimes políticos na América, apenas crimes comuns; e que Al Capone, embora estivesse preso numa cela em Alcatraz, havia escrito artigos antissoviéticos para o jornal de *Hearst*. Também observaram que os americanos tinham "uma habilidade culinária primitiva, assim como seus hábitos libidinosos". Ele não pôde julgar esta última característica, apesar do estranho incidente que acontecera com uma mulher durante o intervalo de um concerto. Estava numa área reservada quando ouviu uma voz de mulher chamar insistentemente o nome dele. Supondo que quisesse conversar sobre música, havia indicado que deveriam deixá-la passar. Ela parou na sua frente e disse, com uma alegre familiaridade:

– Olá. Você se parece muito com o meu primo.

Aquela parecia uma frase usada por espiões para fazer contato, e ele ficou na defensiva. Perguntou se por acaso esse primo era russo.

– Não – ela respondeu –, é cem por cento americano. Não, cento e dez por cento.

Ele esperou que ela falasse sobre música – ou sobre o concerto a que ambos estavam assistindo –, mas ela passou a mensagem e, com outro sorriso radiante, foi embora. Ele ficou intrigado. Então se parecia com outra pessoa. Ou uma outra pessoa se parecia com ele. Isto queria dizer alguma coisa ou não queria dizer nada?

Sabia, quando concordara em participar do Congresso Cultural e Científico para a Paz, que não tinha escolha. Também suspeitava que seria exibido como uma figura decorativa, um representante dos valores soviéticos. Esperara que alguns americanos fossem acolhedores e outros hostis. Fora instruído a viajar depois do congresso para demonstrações de paz em Newark e Baltimore; também iria falar e tocar em Yale e Harvard. Não ficou surpreso com o fato de alguns desses convites já terem sido retirados quando o avião pousou em LaGuardia; e não ficou desapontado quando o Departamento de Estado os mandou para casa mais cedo. Tudo isto era previsível. Só não estava preparado era para o fato de Nova York se mostrar como o lugar da mais pura humilhação e vergonha moral.

No ano anterior, uma mulher jovem que trabalhava no consulado soviético tinha pulado por uma janela e buscado asilo político. Então, durante o congresso, todos os dias, um homem caminhava de um lado para outro, do lado de fora do Waldorf Astoria, com um cartaz que dizia: SHOSTAKOVICH! PULE PELA JANELA! Houvera até uma proposta de que erguessem redes ao redor do prédio onde os delegados russos estavam hospedados, para que pudessem, caso quisessem, saltar para a liberdade. No final do congresso, ele sentiu a tentação – mas sabia que, se pulasse, iria dar um jeito de não cair sobre nenhuma rede.

Não, isso não era verdade; não estava sendo honesto. Não miraria na calçada, pela simples razão de que não iria pular. Quantas vezes ao longo dos anos havia ameaçado cometer suicídio? Inúmeras. E quantas vezes tinha realmente tentado? Nenhuma. Não que não fosse verdade. Sentia, naqueles momentos, um desejo real de se matar, se é que era possível ter um desejo real de se matar e não agir. Uma ou duas vezes, tinha até comprado comprimidos para resolver o assunto, mas nunca conseguira manter segredo sobre isso – portanto, após horas de discussões chorosas, os comprimidos eram confiscados. Tinha usado a ameaça do suicídio com a mãe, depois com Tanya e finalmente com Nita. Era tudo inteiramente sincero, mas era inteiramente juvenil.

Tanya achara graça das ameaças; a mãe e Nita tinham levado a sério. Quando ele voltou da humilhação do congresso de compositores, foi Nita quem o ajudou. Mas não foi só a força moral que o salvou; foi também a compreensão, por parte dele, do que estava fazendo, exatamente. Dessa vez, não usava a ameaça de suicídio para assustar Tanya ou Nita ou a mãe; ameaçava o Poder. Estava dizendo para a União dos Compositores, para os gatos que afiavam as garras em sua alma, para Tikhon Nikolayevich Khrennikov e para o próprio Stálin: Vejam a quê vocês me reduziram; em breve terão minha morte nas mãos e na consciência. Mas compreendeu que era uma ameaça vazia e que a resposta do Poder mal precisava de articulação. Era a seguinte: Ótimo, vá em frente, aí contaremos ao mundo a sua história. A história de como você estava enfiado até o pescoço na conspiração de assassinato de Tukhachevski, de como, por décadas, você conspirou para minar a música soviética, de como corrompeu jovens compositores, tentou restaurar o capitalismo na União Soviética e foi um líder no complô dos musicólogos – que em breve será exposto ao mundo. Tudo isso está claro no bilhete suicida. E foi por isto que ele não pôde se matar: porque assim iriam roubar sua história e reescrevê-la. Precisava, mesmo que fosse apenas do seu jeito desamparado e histérico, ter certo controle da própria vida, da sua história.

★

Aquele que provocara a sua vergonha moral era um homem chamado Nabokov, Nicolas Nabokov. Também um compositor, de pequena importância. Tinha deixado a Rússia nos anos trinta e encontrado um lar nos Estados Unidos da América. Machiavelli disse que ninguém nunca devia confiar num exilado. Aquele provavelmente trabalhava para a CIA. Como se isso pudesse tornar as coisas melhores.

No primeiro encontro público no Waldorf Astoria, Nabokov sentou-se na primeira fila, bem à sua frente, tão perto que seus joelhos quase se tocavam. Com uma camaradagem insolente, o russo, com um paletó de tweed bem cortado e o cabelo cheio de brilhantina, observou que a sala de conferência onde se encontravam chamava-se Perroquet Room. Explicou que *perroquet* queria dizer *papagaio*. Traduziu a palavra para o russo. Riu debochadamente, como se a ironia fosse óbvia para todos. A calma com que havia se instalado na primeira fila sugeria que estava realmente na folha de pagamento das autoridades americanas. Isto tinha deixado Dmitri Dmitrievich ainda mais nervoso. Quando tentava acender um cigarro, quebrava o fósforo; ou então, distraído, deixava o cigarro apagar. A todo o tempo, o exilado de paletó de tweed estendia um isqueiro, acendendo-o calmamente debaixo do seu nariz, por assim dizer. Pule pela janela e terá um isqueiro tão bonito quanto o meu.

Qualquer um com um mínimo de entendimento político saberia que não tinha escrito os discursos que fez: o curto na sexta-feira e o muito longo no sábado. Os discursos haviam sido entregues com antecedência e ele foi instruído a ensaiar a leitura. Naturalmente, não o fez. Se resolvessem repreendê-lo por isto, diria que era um compositor e não um orador. Leu o discurso de sexta-feira com uma voz rápida e sem inflexão, deixando evidente que não conhecia o texto. Passou pelos sinais de pontuação como se não existissem, sem fazer pausas de efeito nem demonstrar qualquer reação. Isto não tem nada a ver comigo, a postura dizia. E, enquanto um tradutor lia a versão em inglês, ele ignorou o olhar do Sr. Nicolas Nabokov e não acendeu um cigarro por medo de que a chama se apagasse.

O discurso do dia seguinte foi diferente. Ele sentiu na mão o tamanho e o peso e, assim, sem avisar àqueles que estavam encarregados do seu bem-estar, simplesmente leu a primeira página e se sentou, deixando o texto completo para o tradutor. Enquanto a versão em inglês era lida, ele acompanhava o original em russo, curioso em verificar quais eram suas opiniões banais a respeito da música e da paz e os perigos que as ameaçavam. Começou atacando os inimigos da coexistência pacífica e as atividades agressivas de um grupo de militaristas e dissidentes que desejava uma terceira guerra mundial. Acusou especificamente o governo norte-americano de construir bases militares a milhares de quilômetros de casa, de ignorar de forma provocadora os tratados internacionais e de fabricar novas armas de destruição em massa. Este ato de brutal descortesia recebeu uma sólida salva de palmas.

Em seguida explicou aos americanos, de forma paternal, por que o sistema musical soviético era superior a qualquer outro na face da Terra. As inúmeras orquestras e bandas militares, os grupos folclóricos e coros – prova do uso ativo da música para o progresso da sociedade. Assim, por exemplo, os povos da Ásia Central Soviética e do Extremo Oriente Soviético tinham, nos últimos anos, se livrado dos últimos vestígios do colonialismo que o czarismo havia imposto às suas culturas. Os uzbeques e os tadjiques, junto com outros povos dos confins da União Soviética, se beneficiavam de um nível sem precedentes de desenvolvimento musical. Neste momento, fez questão de atacar o Sr. Hanson Baldwin, editor militar do *New York Times*, por ter depreciado as populações da Ásia Soviética num artigo recente que, naturalmente, ele não tinha nem lido e nem ouvido falar.

Tais progressos, continuou, possibilitaram uma aproximação e uma compreensão maior entre o Povo, o Partido e o compositor soviético. Se o compositor precisa guiar e inspirar o Povo, então o Povo, com o intermédio do Partido, também deve guiar e inspirar o compositor. Um espírito crítico ativo e construtivo existia, de forma que um compositor poderia ser avisado se cometesse erros de subjetividade e individualismo introspectivo, de formalismo ou cosmopolitismo; se – em suma – estivesse perdendo contato com o Povo. Ele mesmo tinha cometido erros neste aspecto. Havia se afastado do caminho verdadeiro de um compositor soviético, de grandes temas e imagens contemporâneos. Perdera contato com as massas e buscado agradar apenas a um pequeno grupo de músicos sofisticados. Mas o Povo não podia permanecer indiferente a esse afastamento, e então ele tinha recebido críticas que o haviam redirecionado de volta para o caminho certo. Foi um erro pelo qual tinha se desculpado e se desculpava de novo, agora. Iria procurar melhorar no futuro.

Até então, muito banal – pelo menos, ele esperava que fosse banal para ouvidos americanos. Mais uma necessária confissão de pecados, mesmo num lugar exótico. Mas então seus olhos saltaram à frente e sua mente congelou. Viu no texto o nome do maior compositor do século e um sotaque americano marchando em sua direção. Primeiro vinha uma condenação geral a todos os músicos que acreditavam na doutrina da arte pela arte e não na arte para o bem das massas; uma postura que gerara as conhecidas perversões da música. O exemplo mais típico desta perversão, ele se ouviu dizer, era o trabalho de Igor Stravinski, que tinha traído a própria terra natal e se afastara do povo, juntando-se ao grupo de músicos modernos reacionários. No exílio, o compositor havia demonstrado aridez moral, como estava claro em seus textos niilistas, nos quais tratava as massas como "um termo quantitativo que nunca fez parte de minhas considerações", e, com toda a presunção, se gabava: "Minha música não expressa nada realista." Tinha assim confirmado a falta de sentido e de conteúdo das próprias criações.

O suposto autor dessas palavras estava sentado, imóvel e impassível, enquanto por dentro sentia-se tomado de vergonha e desprezo por si mesmo. Por que não tinha previsto isto? Poderia ter mudado o discurso, inserido algumas modificações – mesmo que fosse no texto em russo, à medida que a leitura avançasse. Havia imaginado tolamente que a indiferença pública ao próprio discurso iria indicar uma neutralidade moral. Uma ideia tão tola quanto ingênua. Estava chocado e mal conseguia se concentrar quando a voz americana voltou a sua atenção a Prokofiev. Sergei Sergeyevich também havia recentemente desviado da linha do partido e corria grande perigo de voltar a cair no formalismo se não seguisse as orientações do Comitê Central. Mas enquanto Stravinski era uma causa perdida, Prokofiev poderia, se ficasse alerta e seguisse o caminho certo, alcançar ainda grande sucesso criativo.

Partiu para uma conclusão em que esperanças ardentes pela paz mundial combinavam-se com um fanatismo ignorante a respeito da música, o que o fez voltar a receber enormes aplausos. Foi praticamente uma ovação soviética. Houve algumas perguntas inócuas da plateia, respondidas com a ajuda do tradutor e de um conselheiro simpático que apareceu de repente ao seu lado. Mas então ele viu uma figura de paletó de tweed ficar em pé. Desta vez não na fila da frente, mas numa posição que permitia que a plateia visse e ouvisse o interrogatório que se seguiu.

Primeiro, o Sr. Nicolas Nabokov explicou, em tom suavemente ofensivo, que compreendia perfeitamente que o compositor estava numa missão oficial e que as opiniões expressas no discurso eram as de um delegado do regime de Stálin. Mas ele queria fazer algumas perguntas não como delegado e sim como compositor – de um compositor para outro, por assim dizer.

– O senhor concorda com a condenação ampla e mal-humorada da música ocidental, exposta diariamente pela imprensa e pelo governo soviéticos?

Ele sentiu a presença do conselheiro em seu ouvido, mas não precisava. Sabia o que responder porque não havia escolha. Tinha sido conduzido até o último cômodo do labirinto, e não havia comida como recompensa, mas só um alçapão sob suas patas. E assim, numa voz baixa e monótona, respondeu:

– Sim, concordo pessoalmente com essas opiniões.

– O senhor concorda pessoalmente com o banimento da música ocidental nas salas de concerto soviéticas?

Isto forneceu mais espaço de manobra, e ele respondeu:

– Se a música for boa, ela será tocada.

– O senhor concorda pessoalmente com o banimento, nas salas de concerto soviéticas, das obras de Hindemith, de Schoenberg e Stravinski?

Começou a sentir o suor pingar atrás das orelhas. Enquanto ganhava um pouco de tempo com o tradutor, pensou brevemente no modo como o marechal agarrara a pena para escrever.

– Sim, concordo pessoalmente com essas ações.

– E o senhor concorda pessoalmente com as opiniões expressas no seu discurso sobre a música de Stravinski?

– Sim, concordo pessoalmente com essas opiniões.

– E o senhor concorda pessoalmente com as opiniões expressas pelo ministro Jdanov sobre a sua música e a de outros compositores?

Jdanov, que o perseguira desde 1936, que o banira e debochara dele e o ameaçara, que havia comparado sua música a uma britadeira e a uma câmara de gás móvel.

– Sim, concordo pessoalmente com as opiniões expressas pelo ministro Jdanov.

– Obrigado – disse Nabokov, olhando em volta da sala como se esperasse aplausos. – Agora tudo está perfeitamente claro.

Uma história sobre Jdanov era muito repetida em Moscou e Leningrado: a história da aula de música. Gogol a teria aprovado; na verdade, poderia até tê-la escrito. Depois do Decreto do Comitê Central, de 1948, Jdanov tinha convocado os maiores compositores do país para uma reunião no ministério. Em algumas versões, eram só ele e Prokofiev; em outras, toda a cambada de pecadores e bandidos. Foram levados para uma sala grande; sobre uma plataforma havia uma partitura e, ao lado, um piano. Não havia aperitivos: nem vodca para espantar o medo, nem sanduíches para aquietar o estômago. Ficaram algum tempo esperando. Então Jdanov apareceu com um par de jovens oficiais. Foi até a partitura e olhou de cima para os destruidores e sabotadores da música soviética. Advertiu-os mais uma vez da maldade, da fantasia e da vaidade que expressavam. Explicou que, se não mudassem de comportamento, o jogo de esperta engenhosidade poderia acabar muito mal. E então, quando os compositores estavam prestes a cagar nas calças, ele deu início a um *coup de théâtre*. Foi até o piano e deu uma aula de mestre. *Isto* – produziu um som desafinado, fazendo as teclas grasnarem e grunhirem – era música formalista e decadente. E *isto* – tocou uma área melosa, neorromântica, que num filme poderia acompanhar uma garota rebelde que finalmente admitia o amor –, *isto* era música graciosa, realista, do tipo que o Povo queria e que o Partido exigia. Ele se levantou, fez uma reverência debochada e os mandou embora com as costas da mão. Os compositores da nação saíram em fila indiana, alguns prometendo fazer melhor, outros abaixando a cabeça envergonhados.

Aquilo nunca acontecera, é claro. Jdanov os tinha repreendido até que as orelhas sangrassem, mas nunca foi esperto a ponto de deixar os próprios dedos gordos profanarem o teclado daquele jeito. Mesmo assim, a história ganhava credibilidade à medida que era contada, até que alguns dos que supostamente estiveram presentes haviam confirmado que sim, o evento tinha acontecido exatamente daquele jeito. E uma parte dele desejava que aquela conversa com o Poder, em que o Poder tinha arrogantemente escolhido a arma dos oponentes, tivesse mesmo ocorrido. Entretanto, a história logo se juntou ao manual de mitos que circulava na época. O que importava não era que determinada história fosse ou não verdadeira, mas sim o significado que carregava. Embora também fosse verdade que, quanto mais uma história circulava, mais verdadeira se tornava.

Juntos, ele e Prokofiev foram atacados, humilhados, banidos e reintegrados. Entretanto, ele achava que Sergei Sergeyevich nunca entendera realmente o que estava acontecendo. Não era um covarde, nem na vida nem na música; mas via tudo isso – até mesmo os ataques insanos e assassinos de Jdanov contra os intelectuais – como um problema pessoal para o qual havia, em alguma parte, uma solução. Aqui estava a música, e aqui estava o talento; ali estava o Poder, a burocracia e a teoria político-musicológica. Tudo se resumia a encontrar uma acomodação para que pudesse continuar a ser ele mesmo e compor a própria música. Ou, para dizer de outra forma: Prokofiev fracassou completamente ao não ver a dimensão trágica do que estava em curso.

Outra coisa boa sobre a viagem a Nova York: o fraque tinha sido um sucesso. Havia ficado muito bem nele.

Ele pensou, enquanto o avião descia em Reykjavik, se devia chamar a aeromoça e pedir um inalador de benzedrina. Isso não ia fazer uma grande diferença agora.

Imaginava que talvez Nabokov tivesse interferido para demonstrar simpatia por ele e para tentar explicar aos outros delegados a verdadeira natureza da apresentação. Mas se era esse o caso, ou ele era um palhaço pago ou um imbecil político. Para demonstrar a falta de liberdade individual sob o sol da Constituição de Stálin, estava disposto a sacrificar uma vida. Porque era isto o que, de certa forma, dissera: Se você não quer pular pela janela, por que não enfia a cabeça nesta corda que amarrei para você? Por que não contar a verdade e morrer?

Um dos manifestantes do lado de fora do Waldorf Astoria segurava um cartaz que dizia: SHOSTAKOVICH – NÓS ENTENDEMOS! Apesar disso, não entendiam muito, mesmo aqueles que, como Nabokov, tinham vivido algum tempo sob o poder soviético. E, sobretudo, iriam voltar orgulhosos para as aconchegantes casas americanas, contentes por terem se manifestado em prol da virtude e da liberdade e da paz mundial. Não tinham nenhum conhecimento e nenhuma imaginação, esses bravos humanitários ocidentais. Vinham à Rússia em pequenos grupos, ávidos, armados com vouchers de hotéis e almoços e jantares, cada um deles aprovado pelo Estado soviético, todos ansiosos para conhecer os "russos de verdade" e descobrir "o que eles realmente sentiam" e "no que realmente acreditavam". Esta era a última coisa que descobririam, porque não era preciso ser paranoico para saber que em cada grupo haveria um informante, e os guias iriam fazer seu trabalho e relatar tudo o que acontecesse. Um desses grupos teve um encontro com Akhmatova e Zoshchenko. Este foi outro dos truques de Stálin: vocês ouviram dizer que alguns dos nossos artistas são perseguidos? De jeito nenhum, isso não passa de propaganda do seu governo. Querem conhecer Akhmatova e Zoshchenko? Olhem, aqui estão eles – podem perguntar o que quiserem.

E este grupo de humanitários ocidentais, ingenuamente entusiasmado por Stálin, não conseguira pensar em nada mais inteligente para perguntar, e assim queria saber o que Akhmatova achava das observações do ministro Jdanov e da resolução do Comitê Central a favor de sua condenação. Jdanov tinha dito que Akhmatova envenenava, com o espírito podre e pútrido da sua poesia, a consciência da juventude soviética. Ela se levantou e respondeu que considerava tanto o discurso do ministro Jdanov quanto a resolução do Comitê Central absolutamente corretos. E aqueles preocupados visitantes foram embora agarrando os vouchers de refeição e repetindo uns para os outros que a visão ocidental da Rússia Soviética era uma fantasia maldosa; que os artistas não só eram bem tratados como podiam debater críticas construtivas com os mais altos escalões do Poder. Tudo isso provava que na Rússia as artes eram muito mais valorizadas do que em todas as outras pátrias decadentes.

Ficava ainda mais revoltado com os famosos humanitários ocidentais que iam à Rússia e lá diziam que os habitantes viviam no paraíso. Malraux, que elogiou o Canal do Mar Branco sem jamais mencionar que os construtores tinham sido obrigados a trabalhar até morrer. Feuchtwanger, que bajulava Stálin e "entendia" que os julgamentos espetaculares eram uma parte necessária do desenvolvimento da democracia. O cantor Robeson, vibrante em seu aplauso a assassinatos políticos. Romain Rolland e Bernard Shaw o revoltavam ainda mais, porque tiveram a temeridade de admirar sua música enquanto ignoravam como o Poder tratava a ele e a todos os outros artistas. Tinha se recusado a conhecer Rolland, fingindo estar doente. Mas Shaw era o pior dos dois. Fome na Rússia?, perguntara retoricamente. Bobagem, comi tão bem lá quanto em qualquer outro lugar no mundo. E foi ele quem disse: "Vocês não vão conseguir me assustar com a palavra 'ditador.'" E assim o tolo incrédulo se enturmou com Stálin e não viu nada. Mas por que deveria temer um ditador? Não havia um ditador na Inglaterra desde os tempos de Cromwell. Ele fora obrigado a enviar a Shaw a partitura da sua Sétima Sinfonia. Deveria ter acrescentado à sua assinatura, na primeira página, o número de camponeses que tinham morrido de fome enquanto o dramaturgo se banqueteava em Moscou.

E havia também aqueles um pouco mais compreensivos, que ofereciam apoio, mas ao mesmo tempo se mostravam decepcionados. Que não entendiam um simples fato a respeito da União Soviética: lá, era impossível dizer a verdade e continuar vivo. Que exigiam que todos lutassem contra o Poder, porque imaginavam saber como era o seu funcionamento e acreditavam que fariam o mesmo se trocassem de lugar. Em outras palavras, queriam que todos dessem seu sangue. Queriam mártires para provar a maldade do regime. Mas essas pessoas é que deveriam ser mártires, não as outras. E quantos mártires seriam necessários para provar que o regime era verdadeiramente, monstruosamente, carnivoramente maligno? Mais, sempre mais. Essas pessoas queriam que o artista fosse um gladiador, enfrentando publicamente animais selvagens, manchando a areia com sangue. Era isso que exigiam: nas palavras de Pasternak, "Morte geral, seriamente". Bem, ele ia tentar desapontar esses idealistas pelo maior tempo possível.

O que não entendiam, esses que se autodenominavam amigos, era como eram parecidos com o próprio Poder: quanto mais tivessem, mais queriam.

Todo mundo sempre exigira mais do que ele podia dar. Entretanto, tudo o que ele sempre quisera dar era música.

Parecia tão simples.

Nas conversas imaginárias que às vezes tinha com esses simpatizantes decepcionados, começava com a explicação de um fato simples mas básico, certamente desconhecido: que ninguém conseguia comprar papel pentagramado na União Soviética se não fosse membro da União de Compositores. Sabiam disso? Claro que não. Mas, Dmitri Dmitrievich, certamente responderiam, se é assim, sem dúvida você pode comprar papel em branco e fazer as pautas com régua e lápis. Não deve desistir de sua arte por tão pouco.

Muito bem, poderia responder, então vamos começar na outra ponta da questão. Se alguém é declarado inimigo do Estado, como ele fora, todos à sua volta ficam marcados e infectados. Familiares e amigos, é claro. Mas até mesmo um regente que toca, ou tocou ou tenha desejado tocar alguma obra sua; os membros de um quarteto de cordas; o salão de concertos em que tenha se apresentado, mesmo que seja pequeno; a própria plateia; quantas vezes, ao longo da carreira, tinha visto regentes e solistas ficarem indisponíveis no último momento? Às vezes por um medo natural ou uma precaução compreensível, às vezes por terem recebido um aviso do Poder. Qualquer um, de Stálin até Khrennikov, podia impedir que suas obras fossem executadas em todo o país, pelo tempo que quisessem. Já haviam destruído sua carreira de compositor de óperas. No início da carreira, muitos achavam – e ele tinha concordado – que era aí que seu melhor trabalho seria realizado. Mas desde que *Lady Macbeth de Mtsensk* fora arruinada, ele não produzira mais uma única ópera; tampouco terminara alguma que havia iniciado.

Mas, sem dúvida, Dmitri Dmitrievich, você poderia escrever na solidão do apartamento; poderia fazer a sua música circular entre círculos de amigos; ou poderia contrabandeá-las para o Ocidente como os manuscritos de poetas e romancistas. Sim, obrigado, uma ideia excelente: uma de suas novas músicas, banida na Rússia e divulgada no Ocidente. Será que conseguiam imaginar como isto o transformaria em um alvo? Seria uma prova perfeita de que procurava restaurar o capitalismo na União Soviética. Mas você ainda podia compor música? Sim, ele ainda podia compor músicas, desde que não executasse. Mas músicas são feitas para serem ouvidas no período em que são compostas. Música não é como os ovos chineses: não melhora se ficar guardada debaixo da terra por anos e anos.

Mas, Dmitri Dmitrievich, você está sendo pessimista. A música é imortal, sempre vai existir e sempre será necessária, a música pode dizer tudo... e assim por diante. Parou de prestar atenção enquanto explicavam a ele a natureza de sua arte. Aplaudiu todo aquele idealismo. E, sim, a música podia ser imortal, mas os compositores, infelizmente, não. São facilmente silenciados, e mais facilmente ainda assassinados. Quanto à acusação de pessimismo – não era a primeira vez que a tinham feito. E protestavam: não, não, você não entendeu, só estamos tentando ajudar. Então, da próxima vez que viessem de suas pátrias ricas e seguras, trariam para ele grandes quantidades de papel pentagramado.

Na guerra, naqueles trens lentos e cheios de tifo entre Kuibyshev e Moscou, tinha usado amuletos de alho nos pulsos e no pescoço; eles o ajudaram a sobreviver. Mas agora precisava usá-los permanentemente; não contra o tifo, mas contra o Poder, contra os inimigos, contra os hipócritas e até contra os amigos bem-intencionados.

Admirava aqueles que se levantavam e falavam a verdade contra o Poder. Apreciava sua bravura e sua integridade moral. E às vezes os invejava; mas era complicado, porque parte do que invejava era a morte, o fato de serem libertados da agonia de viver. Enquanto esperava a porta do elevador se abrir, no quinto andar da rua Bolshaya Pushkarskaya, sentia o terror se misturar ao desejo de ser levado embora. Também tinha sentido a futilidade da coragem transitória.

Mas aqueles heróis, aqueles mártires, cuja morte quase sempre proporcionava uma satisfação dupla – ao tirano que a havia ordenado e às nações vigilantes que queriam compadecer-se mas que no entanto se sentiam superiores –, eles não morriam sozinhos. Muitos seriam destruídos como consequência do heroísmo de outros. E portanto a coisa não era simples, mesmo quando era clara.

E, é claro, a lógica intransigente também funcionava na direção oposta. Quem se salvasse poderia também salvar aqueles que o rodeavam, aqueles que amava. E como ele faria qualquer coisa no mundo para salvar aqueles que amava, fazia qualquer coisa para se salvar. E, como não havia escolha, também não havia possibilidade de evitar a corrupção moral.

*

Tinha sido uma traição. Ele havia traído Stravinski e, ao fazer isto, também a música. Mais tarde, disse a Mravinski que aquele fora o pior momento da sua vida.

Quando chegaram à Islândia, o avião tinha quebrado, e o grupo teve que passar dois dias à espera de outro avião. Aí o mau tempo impedira que voassem para Frankfurt, então foram para Estocolmo. Os músicos suecos ficaram encantados com a inesperada chegada do famoso colega. No entanto, quando foi convidado a citar seus compositores suecos favoritos, ele se sentiu como um menino de calças curtas – ou como aquela estudante que não sabia a quem a arte pertencia. Estava prestes a citar Svendsen quando se lembrou que ele era norueguês. Mesmo assim, os suecos eram civilizados demais para ficar ofendidos, e na manhã seguinte ele encontrou, no quarto do hotel, um enorme pacote de discos de compositores locais.

Não muito tempo depois de sua volta a Moscou, um artigo assinado por ele foi publicado na revista *New World*. Interessado em saber o que devia pensar, ele leu a respeito do enorme sucesso do congresso e da furiosa decisão do Departamento de Estado de abreviar a estada da delegação soviética. "A caminho de casa pensei muito sobre isso", ele leu o que supostamente havia escrito. "Sim, os governantes de Washington temem a nossa literatura, a nossa música, os nossos discursos pela paz – temem-nos porque qualquer forma de verdade os atrapalha a organizar estratégias contra a paz."

"A vida não é um passeio no campo": este também era o último verso do poema de Pasternak sobre Hamlet. E o verso anterior: "Estou sozinho; todos à minha volta estão mergulhados em falsidade."

Três: No Carro

Tudo o que ele sabia era que este era o pior momento de todos. O pior momento não era a mesma coisa que o momento mais perigoso. Porque o momento mais perigoso não era o momento em que alguém corria mais perigo. Isto era algo que ele nunca tinha percebido.

Ele estava sentado no seu carro, atrás do motorista, e via a paisagem passar. Fez uma pergunta a si mesmo. A pergunta era assim:

    Lênin achava que música era algo deprimente.
    Stálin achava que entendia e apreciava música.
    Khrushchev desprezava música.
    Qual dessas coisas é a pior para um compositor?

Para certas perguntas não havia respostas. Ou, pelo menos, as perguntas cessariam quando ele morresse. A morte cura o corcunda, como Khrushchev gostava de dizer. Ele não nasceu corcunda, mas talvez tivesse se tornado corcunda, moralmente, espiritualmente. Um corcunda questionador. E talvez a morte cure as perguntas e aquele que as faz. E tragédias, quando vistas em retrospecto, parecem farsas.

Quando Lênin chegara à Estação Finlândia, Dmitri Dmitrievich e um grupo de colegas de colégio tinham corrido para saudar o herói que retornava. Era uma história que ele havia contado muitas vezes. No entanto, como fora uma criança delicada, protegida, talvez não tivesse conseguido a permissão para sair assim. Era mais plausível que o Velho Bolchevique, seu tio Maxim Lavrentyevich Kostrikin, o tivesse acompanhado até a estação. Tinha contado essa versão também, muitas vezes. Ambas ajudavam a polir as credenciais revolucionárias. Mitya, aos dez anos, na Estação Finlândia, inspirado pelo Grande Líder! Aquela imagem não fora um empecilho à sua carreira precoce. Mas havia uma terceira possibilidade: que ele não tivesse visto Lênin e não estivesse sequer perto da estação. Poderia ter simplesmente adotado o relato de um colega de colégio. Atualmente, não sabia mais qual versão era a verdadeira. Tinha ido mesmo, de verdade, à Estação Finlândia? Bem, mentia como uma testemunha ocular, como diz o ditado.

Acendeu mais um cigarro proibido e fitou a orelha do motorista. Isso, pelo menos, era algo sólido e verdadeiro: o motorista tinha uma orelha. E, sem dúvida, mais uma, do outro lado, embora ele não a pudesse ver. Era, portanto, uma orelha que existia apenas na memória – ou, mais exatamente, na imaginação –, até a hora em que a visse de novo. Deliberadamente, inclinou-se até conseguir ver a asa e o lóbulo da segunda orelha. Outro problema resolvido, por ora.

Quando era pequeno, seu herói tinha sido Nansen do Norte. Quando se tornou adulto, a mera sensação de neve sob um par de esquis o deixava apavorado, e seu maior ato de exploração era ir até o vilarejo vizinho, a pedido de Nita, em busca de pepinos. Agora que era velho, andava de carro por Moscou, com um motorista, normalmente Irina, mas às vezes um chofer oficial. Tinha se tornado um Nansen dos Subúrbios.

Na mesinha de cabeceira, sempre: um cartão-postal de *O dinheiro do tributo*, de Ticiano.

★

Tchekov disse que é preciso escrever tudo – exceto denúncias.

Pobre Anatoli Bashashkin. Denunciado como joguete de Tito.

Akhmatova disse que, com Khrushchev, o Poder tinha se tornado vegetariano. Talvez; embora fosse possível matar uma pessoa enfiando legumes em sua garganta ou usando os métodos tradicionais dos velhos tempos em que se comia carne.

Depois de voltar de Nova York, havia composto *A canção das florestas*, para um texto enorme e grandiloquente de Dolmatovski. Tinha como tema a regeneração das estepes, e o modo como Stálin, o Líder e Mestre, o Amigo das Crianças, o Grande Timoneiro, o Grande Pai da Nação e o Grande Engenheiro Ferroviário, era agora também o Grande Jardineiro. "Vamos cobrir a Mãe Pátria de florestas!" – uma injunção que Dolmatovski repetia dez ou doze vezes. Sob Stálin, o oratório insistia, até as macieiras cresciam com mais coragem, lutando contra as geadas como o Exército Vermelho lutara contra os nazistas. A banalidade tempestuosa da obra tinha garantido o sucesso imediato. Isto o ajudou a ganhar seu quarto Prêmio Stálin: cem mil rublos e uma dacha. Havia pagado a César, e César não tinha sido ingrato. Ao todo, ganhara o Prêmio Stálin seis vezes. Também recebera a Ordem de Lênin a intervalos regulares de dez anos: em 1946, 1956 e 1966. Nadava em honrarias como um camarão num molho de coquetel de camarão. E esperava estar morto quando 1976 chegasse.

Talvez a coragem fosse como a beleza. Uma bela mulher envelhece: só vê o que se foi; outros veem o que restou. Alguns o cumprimentavam por sua resistência, pela recusa em se submeter, o núcleo sólido sob a superfície histérica. Ele só via o que se foi.

O próprio Stálin já se fora havia muito tempo. O Grande Jardineiro tinha ido cuidar da grama nos Campos Elíseos e fortaleceria o moral das macieiras de lá.

As rosas vermelhas no túmulo de Nita, cobrindo-o por inteiro. Toda vez que ele o visitava. E não eram enviadas por ele.

Glikman tinha contado uma história sobre Luís XIV. O Rei Sol fora um governante tão tirânico quanto Stálin. Entretanto, sempre procurava dar crédito aos artistas; a reconhecer sua magia secreta. Um desses era o poeta Nicolas Boileau-Despréaux. E Luís XIV, diante de toda a corte de Versailles, tinha anunciado, como se fosse uma verdade trivial: "Monsieur Despréaux entende mais de poesia do que eu." Sem dúvida, houve risadas incrédulas dos bajuladores que, em particular e em público, afirmavam que a compreensão de poesia do grande rei – e de música, e pintura, e arquitetura – era inigualável em todo o mundo e por todos os séculos. E talvez houvesse uma modéstia estratégica e diplomática nessa declaração. Mas, mesmo assim, ela foi feita.

Stálin, entretanto, tinha inúmeras vantagens sobre aquele velho rei. Uma profunda compreensão da teoria marxista-leninista, uma compreensão intuitiva do Povo, um amor pela música folclórica, uma capacidade de farejar nossas conspirações formalistas... Ah, chega, chega. Faria os próprios ouvidos sangrarem.

Mas até o Grande Jardineiro, no disfarce de Grande Musicólogo, tinha sido incapaz de farejar o paradeiro do Beethoven Vermelho.

Davidenko fora uma decepção – ainda mais por ter morrido com trinta e poucos anos. E o Beethoven Vermelho nunca apareceu.

Ele gostava de contar a história de Tinyakov. Um homem bonito, um bom poeta. Morava em Petersburgo e escrevia sobre amor e flores e outros temas elevados. Então veio a Revolução, e ele logo se tornou Tinyakov, o poeta de Leningrado, que escrevia não sobre amor e flores, mas sobre a fome que sentia. E algum tempo depois as coisas ficaram tão ruins que ele ia para uma esquina, levando, em volta do pescoço, um cartaz onde estava escrito POETA. E como os russos valorizavam os poetas, os transeuntes costumavam dar dinheiro a ele. Tinyakov gostava de dizer que tinha ganhado mais dinheiro mendigando do que jamais ganhara com versos, e por isso podia terminar as noites em restaurantes chiques.

Este último detalhe era verdadeiro? Tinha dúvidas. Mas os poetas podiam ser exagerados. Por sua vez, não precisava de um cartaz – tinha três Ordens de Lênin e seis Prêmios Stálin em volta do pescoço e comia no restaurante da União dos Compositores.

Um homem, moreno e ardiloso, com um brinco de rubi, segura uma moeda entre o polegar e o indicador. Mostra para um segundo homem, mais claro, que não toca nela, mas fita o primeiro bem nos olhos.

Tinha havido aquele estranho período em que o Poder, tendo decidido que Dmitri Dmitrievich Shostakovich poderia ter salvação, experimentara uma nova tática. Em vez de esperar pelo resultado final – uma composição acabada que teria que ser examinada por especialistas político-musicológicos para então ser aprovada ou condenada –, o Partido, em sua sabedoria, decidiu começar do princípio: com o estado da sua alma ideológica. Zelosamente, generosamente, a União dos Compositores indicou um tutor, camarada Troshin, um sociólogo idoso e sério, para ajudá-lo a entender os princípios do marxismo-leninismo – para ajudá-lo a se reinventar. Ele recebeu uma lista de textos que consistia inteiramente de obras do camarada Stálin, tais como *Marxismo e questões de linguística* e *Problemas econômicos do socialismo na União Soviética*. Troshin então foi à casa dele e explicou qual era a sua função. Estava lá porque, infelizmente, até mesmo famosos compositores eram capazes de cometer sérios erros, como mostravam as notícias recentes. Para evitar a repetição de tais erros, era preciso elevar o nível de compreensão política, econômica e ideológica de Dmitri Dmitrievich. O compositor ouviu a declaração de intenções do hóspede não convidado, com a devida seriedade, e expressou o pesar pelo fato de que o trabalho na nova sinfonia dedicada à memória de Lênin o tivesse impedido de ler toda a biblioteca que havia sido tão gentilmente enviada.

O camarada Troshin examinou o escritório do compositor. Não era um homem fingido nem ameaçador, apenas um daqueles funcionários aplicados e não questionadores que todo regime tem.

– E é aqui que o senhor trabalha.

– Com certeza.

O tutor se levantou, deu um ou dois passos em cada direção e elogiou a arrumação do aposento. Então, com um sorriso de quem pede desculpas, observou:

– Mas falta uma coisa no escritório de um eminente compositor soviético.

O eminente compositor soviético, por sua vez, se levantou, olhou em volta, examinou as paredes e estantes que conhecia tão bem e sacudiu a cabeça com a mesma expressão de quem pede desculpas, como se estivesse envergonhado por não saber responder à primeira pergunta do tutor.

– Não há um retrato do camarada Stálin em suas paredes.

Seguiu-se um silêncio desencorajador. O compositor acendeu um cigarro e andou pela sala, como se procurasse a causa dessa horrível impropriedade ou como se pudesse achar o ícone imprescindível debaixo de uma almofada ou de um tapete. Finalmente, assegurou que iria providenciar imediatamente o melhor retrato que conseguisse achar do Grande Líder.

– Então está bem – Troshin respondeu. – Agora vamos ao assunto.

Era solicitado, de tempos em tempos, a fazer um resumo da sabedoria bombástica de Stálin. Alegremente, Glikman se ofereceu para fazer o trabalho, e as conclusões patrióticas do compositor sobre a obra do Grande Jardineiro eram escritas em Leningrado e regularmente enviadas pelo correio. Após algum tempo, outros textos-chave foram acrescentados ao currículo: por exemplo, "As características da criatividade na arte", de G. M. Malenkov, uma reimpressão do seu discurso no 19º Congresso do Partido.

A presença de Troshin em sua vida, enérgica e persistente, foi recebida, de sua parte, com uma postura educadamente evasiva e secretamente debochada. Desempenhavam os papéis de professor e aluno com um ar sério; sem dúvida, Troshin não tinha outro ar para oferecer. Era bastante óbvio que acreditava no propósito virtuoso da tarefa, e o compositor o tratava cortesmente, reconhecendo que aquelas visitas indesejadas eram uma espécie de proteção. E no entanto cada um dos dois sabia que a farsa podia ter sérias consequências.

Naquela época, havia duas frases – uma pergunta e uma afirmação – que fariam o suor brotar e levariam homens fortes a borrar as calças. A pergunta era: "Stálin sabe?" A afirmação, ainda mais alarmante, era: "Stálin sabe." E como se atribuíam poderes sobrenaturais a Stálin – nunca cometia um erro, comandava tudo e estava em toda parte –, os seres meramente terrestres sob seu poder sentiam, ou imaginavam, que os olhos dele estavam constantemente vigiando-os. Então o que aconteceria se o camarada Troshin fracassasse em ensinar os preceitos de Karl Marx e seus descendentes de forma satisfatória? E se o aluno, externamente solene mas internamente caprichoso, não aprendesse? Então o que aconteceria com os Troshins deste mundo? Ambos sabiam a resposta. Se o tutor oferecia proteção, o aluno tinha certa responsabilidade em relação ao professor.

Mas havia uma terceira frase a seu respeito, sussurrada, da mesma forma que tinha sido quando se referia a outros – a Pasternak, por exemplo: "Stálin diz que ele não deve ser tocado." Às vezes esta declaração era um fato; às vezes, uma teoria absurda ou uma suposição invejosa. Por que ele tinha sobrevivido, se era um protegido do traidor Tukhachevski? Por que havia sobrevivido àquelas palavras – "Trata-se de um jogo de engenhosidade esperta que pode acabar muito mal"? Por que sobrevivera mesmo depois de ter sido declarado inimigo do povo pelos jornais? Por que Zakrevski tinha desaparecido entre um sábado e uma segunda-feira? Por que ele fora poupado quando tantos ao redor tinham sido presos, exilados, assassinados ou haviam desaparecido por um golpe do destino que talvez só ficasse claro décadas depois? Uma resposta serviria para todas essas perguntas: "Stálin diz que ele não deve ser tocado."

Se era assim – e ele não tinha como saber, assim como as pessoas que pronunciavam a frase –, seria um tolo em imaginar que aquilo lhe proporcionaria proteção permanente. O simples fato de ser notado por Stálin era muito mais perigoso do que uma existência de anônima obscuridade. Aqueles que gozavam de seus favores raramente permaneciam favorecidos; era apenas uma questão de quando iriam cair. Quantas peças importantes no motor da vida soviética tinham sido vistas, depois de uma imperceptível mudança de luz, como aquelas que sempre atrapalharam as demais?

O carro diminuiu a velocidade num cruzamento, e, no momento em que o motorista puxou o freio de mão, ele ouviu o ruído de uma engrenagem. Lembrou-se então de quando comprara o primeiro Pobeda. Na época, o regulamento obrigava que o comprador estivesse presente quando o veículo fosse entregue. Ele ainda tinha uma carteira de motorista de antes da guerra, então foi pessoalmente à oficina e pegou o carro. No caminho de volta para casa, não ficou muito impressionado com o desempenho do Pobeda e se perguntou se teria comprado um carro defeituoso. Estacionou, e estava trancando o carro quando um transeunte gritou: "Ei, você de óculos, o que há de errado com o seu carro?" As rodas soltavam fumaça: tinha dirigido o tempo todo com o freio de mão puxado. Carros não pareciam gostar dele – esta era a verdade.

Lembrou-se do exame de outra moça, quando cumprira o papel de Professor de Ideologia Bolchevista no Conservatório. O examinador chefe tinha saído da sala por um tempo, e ele se viu sozinho. A aluna estava tão nervosa, torcendo a página de perguntas que devia responder, que ele sentira pena.
– Bem – disse –, vamos deixar de lado todas essas perguntas oficiais. Em vez disso, vou perguntar o seguinte: o que é Revisionismo?
Era uma pergunta que até ele seria capaz de responder. Revisionismo era um conceito tão odioso e herético que a própria palavra praticamente tinha chifres saindo da cabeça.
A moça refletiu um pouco e, então, respondeu confiantemente:
– Revisionismo é o mais alto estágio no desenvolvimento do marxismo-leninismo.
Ao ouvir isto, ele sorriu e deu a ela a nota mais alta possível.

Quando tudo o mais falhou, quando não parecia haver nada exceto loucura no mundo, ele se apegou a isto: a boa música seria sempre boa música, e a grande música era inexpugnável. Podia tocar os prelúdios e as fugas de Bach em qualquer ritmo, com qualquer dinâmica, e ainda seriam grande música, à prova até dos desgraçados que martelavam o piano. E da mesma maneira, não era possível tocar tal música de forma cínica.

*

Em 1949, quando os ataques ainda continuavam, tinha escrito o quarto quarteto de cordas. Os Borodins haviam-no aprendido e tocado para o Diretório de Instituições Musicais do Ministério da Cultura, que tinha que aprovar qualquer obra e permitir assim sua execução – e o pagamento do compositor. Dado o seu status precário, não foi otimista; mas para a surpresa de todos a audição foi um sucesso, e a peça foi autorizada e paga. Logo depois, começou a circular a história de que os Borodins tinham aprendido a tocar o quarteto de duas formas diferentes: autenticamente e estrategicamente. A primeira era a forma que o compositor havia criado; na segunda, destinada a passar pela aprovação oficial, os músicos enfatizavam os aspectos "otimistas" da peça, bem como a adequação às normas da arte socialista. Este foi apresentado como um exemplo perfeito da ironia como defesa contra o Poder.

Isso jamais havia acontecido, é claro, mas a história foi repetida tantas vezes que a veracidade foi aceita. Não fazia sentido: não era verdade – não podia ser verdade –, porque não é possível mentir em uma música. Os Borodins só podiam tocar o quarto quarteto do modo como o compositor definira. A música – boa música, grande música – tinha uma pureza firme, irredutível. Podia ser amarga e desesperada e pessimista, mas nunca podia ser cínica. Se a música é trágica, aqueles com orelhas de burro a acusam de ser cínica. Mas quando um compositor é amargo, ou desesperado, ou pessimista, demonstra que ainda acredita em alguma coisa.

O que pode ser usado contra o ruído do tempo? Só a música que está dentro de nós – a música do nosso ser – é que é transformada por alguns em música de verdade. Que, ao longo das décadas, se for forte e verdadeira e pura o suficiente para abafar o ruído do tempo, é transformada no sussurro da história.

Era a isso que ele se agarrava.

Suas conversas educadas, tediosas e fraudulentas com o camarada Troshin continuaram. Uma tarde, o tutor estava estranhamente animado.

– É verdade – perguntou –, é verdade, isso me foi dito recentemente, que há alguns anos Iosif Vissarionovich telefonou pessoalmente para o senhor?

– Sim, é verdade.

O compositor apontou para o telefone na parede, embora não fosse o que tinha usado. Troshin fitou-o como se o aparelho devesse estar num museu.

– Que homem formidável é Stálin! Com todos os afazeres do Estado, tudo com que ele tem que lidar, sabe até de um tal de Shostakovich. Governa metade do mundo e no entanto tem tempo para o senhor!

– Sim, sim – ele concordou com um ardor fingido. – É realmente espantoso.

– Eu sei que o senhor é um compositor famoso – o professor continuou –, mas quem é o senhor em comparação com nosso Grande Líder?

Adivinhando que Troshin não devia conhecer o texto do romance de Dargomyjski, ele respondeu solenemente:

– Eu sou um verme em comparação com Sua Excelência. Sou um verme.

– Sim, é isso mesmo, o senhor é um verme. E é uma boa coisa que o senhor agora pareça possuir um senso saudável de autocrítica.

Como que ávido por mais elogios, ele havia repetido, o mais sobriamente possível:

– Sim, eu sou um verme, um mero verme.

Troshin foi embora muito satisfeito com o progresso que tinham alcançado.

Mas o escritório do compositor nunca exibiu o melhor retrato de Stálin que Moscou tinha para vender. Poucos meses depois do início da reeducação de Dmitri Dmitrievich, as circunstâncias objetivas da realidade soviética mudaram. Em outras palavras, Stálin morreu. E as visitas do tutor cessaram.

*

Quando o motorista freou, o carro puxou para a esquerda. Era um Volga, bastante confortável. Sempre desejara ter um carro estrangeiro. Sempre desejara, especificamente, uma Mercedes. Guardara algum dinheiro estrangeiro no escritório de direitos autorais, mas nunca tivera permissão para gastá-lo num carro estrangeiro. O que há de errado com nossos carros soviéticos, Dmitri Dmitrievich? Não nos levam de um lugar para outro, não são confiáveis e fabricados para se adequarem às estradas soviéticas? O que pareceria se o nosso compositor mais eminente fosse visto insultando a indústria automobilística soviética ao comprar uma Mercedes? Os membros do Politburo andam por aí em veículos capitalistas? Sem dúvida o senhor pode ver que isso é impossível.

Prokofiev tinha conseguido permissão para importar um novo Ford do Ocidente. Sergei Sergeyevich estava muito satisfeito, até o dia em que o carro se mostrou difícil demais de dirigir e atropelou uma jovem no centro de Moscou. De certa forma, isso foi típico de Prokofiev. Sempre vinha da direção errada.

É claro que ninguém morre exatamente no momento certo: alguns morrem cedo demais; outros, muito tarde. Uns poucos acertam mais ou menos o ano, mas escolhem a data errada. Pobre Prokofiev – morrer exatamente no mesmo dia que Stálin! Sergei Sergeyevich sofreu um derrame às oito da noite e morreu às nove. Stálin morreu cinquenta minutos depois. Morrer sem ao menos saber que o Grande Tirano tinha morrido! Bem, assim era Sergei Sergeyevich. Apesar de ser meticulosamente pontual, estava sempre fora de ritmo com a Rússia. Dessa forma, a morte mostrou um tolo sincronismo.

Os nomes de Prokofiev e Shostakovich estariam sempre ligados. Mas, embora estivessem algemados, nunca foram amigos. De modo geral, admiravam a música um do outro, mas o Ocidente tinha penetrado muito profundamente em Sergei Sergeyevich. Ele havia deixado a Rússia em 1918 e, tirando alguns breves retornos – como aquele com os pijamas esquisitos –, ficara longe até 1936.

Nessa altura, já havia perdido contato com a realidade soviética. Imaginava que seria aplaudido pelo retorno patriótico à pátria, que a tirania ficaria agradecida – quanta ingenuidade. E quando os dois foram denunciados diante de tribunais de burocratas musicais, Sergei Sergeyevich só pensou em soluções musicais. Tinham perguntado o que havia de errado com a Oitava Sinfonia do colega Dmitri Dmitrievich. Nada que não possa ser consertado, respondeu, sempre pragmático: só precisa de uma linha melódica mais clara, e o segundo e o quarto movimentos devem ser retirados. E quando foi criticado pelo próprio trabalho, deu a seguinte resposta: olhem, tenho uma multiplicidade de estilos, digam qual deles preferem que eu use. Tinha orgulho da própria facilidade – mas não era isso o que desejavam dele. Não queriam que fingisse aderir a um gosto banal e aos slogans críticos vazios – desejavam que realmente acreditasse naquilo. Queriam cumplicidade, concordância, corrupção. E Sergei Sergeyevich jamais entendera isto. Dizia – e era corajoso ao dizer isto – que, quando uma peça era banida por "formalismo", se tratava de "uma simples questão de não entenderem algo da primeira vez que ouvem". Era uma espécie de inocência sofisticada. Mas, na realidade, tinha a alma de um ganso.

No exílio, durante a guerra, costumava pensar em Sergei Sergeyevich. Imaginava-o vendendo os elegantes ternos europeus no mercado de Alma-Ata. Diziam que era um vendedor habilidoso e sempre conseguia o melhor preço. Nos ombros de quem estariam aqueles ternos agora? Mas não eram só as roupas: Prokofiev conhecera todos os adornos do sucesso. Entendia a fama de um jeito ocidental. Gostava de dizer que as coisas eram "divertidas". Apesar do elogio público de *Lady Macbeth de Mtsensk*, quando folheara a partitura, na presença do compositor, ele pronunciara a palavra "divertida". Essa era uma palavra que deveria ter sido banida até o dia seguinte à morte de Stálin. Que Sergei Sergeyevich não tinha vivido para ver.

Nunca tinha se sentido tentado a procurar uma vida no estrangeiro. Era um compositor russo que vivia na Rússia. Recusava-se a imaginar outra alternativa. Embora tivesse experimentado um breve momento de fama ocidental. Em Nova York, tinha ido a uma farmácia comprar aspirina. Dez minutos depois, um balconista estava prendendo um cartaz na vitrine, que dizia: DMITRI SHOSTAKOVICH COMPRA AQUI.

Não esperava mais ser morto – esse medo tinha ficado para trás. Mas ser morto nunca havia sido o pior. Em janeiro de 1948, seu velho amigo Solomon Mikhoels, diretor do Teatro Judeu de Moscou, foi assassinado por ordem de Stálin. No dia em que a notícia foi divulgada, passara cinco horas sob a repreensão de Jdanov, por distorcer a realidade soviética, por não celebrar as vitórias gloriosas da nação e por comer na mão dos inimigos da pátria. Depois, fora direto para o apartamento de Mikhoel. Tinha abraçado a filha e o genro do amigo. Em seguida, de costas para a multidão de amigos silenciosos e assustados, com o rosto quase enfiado na estante, dissera, numa voz calma e clara: "Eu o invejo." Tinha sido sincero: a morte era preferível ao terror sem fim.

Mas o terror sem fim continuou por mais cinco anos. Até Stálin morrer e Nikita Khrushchev aparecer. Houve a promessa de uma esperança cautelosa, um júbilo incauto. Sim, as coisas ficaram realmente mais fáceis, e alguns segredos sujos foram revelados; mas não houve nenhuma súbita dedicação idealista à verdade – apenas uma percepção de que agora a verdade podia ser usada em proveito político. E o Poder em si não diminuiu; apenas mudou. A espera amedrontada à frente do elevador e a bala na nuca se tornaram coisas do passado. Mas o Poder não perdeu o interesse nele; ainda havia mãos estendidas – e desde a infância, sempre tivera medo de segurar mãos.

*

Nikita, a Espiga de Milho. Que faria tiradas a respeito de "abstracionistas e pederastas" – já que eram ambos a mesma coisa. Assim como certa vez, em uma denúncia, Jdanov afirmara que Akhmatova era ao mesmo tempo "uma meretriz e uma freira". Num encontro de escritores e artistas, Nikita, a Espiga de Milho, tinha dito, a respeito de Dmitri Dmitrievich: "Ah, a música dele não passa de jazz – provoca dor de barriga. Devo bater palmas? Mas é como jazz – e sinto cólicas." No entanto, ainda era melhor do que dizerem que comia nas mãos dos inimigos da pátria. E nesses tempos mais liberais, alguns dos que estavam reunidos para se encontrarem com o Primeiro Secretário puderam, mesmo que com a deferência necessária, apresentar uma opinião contrária. Um poeta fora até corajoso ou louco o bastante para afirmar que havia grandes artistas entre os abstracionistas. Tinha mencionado o nome de Picasso. Ao que a Espiga de Milho respondera, bruscamente:

"A morte cura os corcundas."

Nos velhos tempos, em uma conversa dessas, o insolente poeta poderia ser lembrado de estar jogando um jogo perigoso e poderia terminar muito mal. Mas esse era Khrushchev. Suas broncas faziam os lacaios caras de pau irem numa direção, depois em outra; mas não era preciso temer imediatamente pelo futuro. Um dia a Espiga de Milho podia anunciar que a música dava dor de barriga e, no dia seguinte, depois de um elegante banquete no Congresso da União dos Compositores, podia até elogiá-la. Aquela noite, dizia que, quando a música era decente, ele até conseguia ouvi-la no rádio – a não ser quando transmitiam coisas que soavam, bem, como corvos gralhando... E enquanto os lacaios caras de pau riam às gargalhadas, os olhos dele caíram sobre o renomado compositor de jazz causador de dor de barriga. Mas o Primeiro Secretário estava com um humor benigno, até mesmo complacente.

– Mas temos Dmitri Dmitrievich. Ele viu a luz no início da guerra com a... como vocês a chamam mesmo, ah, sim, com a sinfonia.

De repente, ele não estava em desfavor, e Lyudmila Lyadova, criadora de canções populares, se aproximou e o beijou, depois anunciou tolamente que todos o amavam. Bem, isso não tinha mais importância, porque as coisas não eram mais como antigamente.

Mas foi aí que ele cometeu o erro. Antes, havia morte; agora, havia vida. Antes, os homens borravam as calças; agora, podiam discordar. Antes, havia ordens; agora, havia sugestões. Então as Conversas com o Poder se tornaram, sem que ele se desse conta, mais perigosas para a alma. Antes, tinham testado a extensão da sua coragem; agora, testavam a extensão da covardia. E trabalhavam com afinco e competência, com um profissionalismo intenso mas essencialmente desinteressado, como padres trabalhando pela alma de um moribundo.

Sabia pouco sobre arte visual e mal podia argumentar com aquele poeta sobre abstracionismo; mas ouvira que Picasso era um filho da puta e um covarde. Como era fácil ser um comunista quando não se vivia sob o comunismo! Picasso tinha passado a vida pintando merda e aclamando o poder soviético. Entretanto, coitado do pobre artista que, sofrendo sob o poder soviético, tentasse pintar como Picasso. Era livre para falar a verdade – por que não o fez, em nome daqueles que não podiam? Em vez disso, instalou-se em Paris e no sul da França, como um homem rico, pintando a revoltante pomba da paz muitas e muitas vezes. Ele odiava a visão daquela maldita pomba. E odiava a escravidão de ideias tanto quanto odiava a escravidão física.

Ou Jean-Paul Sartre. Ele uma vez tinha levado Maxim ao escritório de direitos autorais ao lado da Galeria Tretyakov, e lá, parado diante da mesa do caixa, estava o grande filósofo, contando um gordo maço de rublos com grande cuidado. Naqueles tempos, os royalties eram pagos a escritores estrangeiros apenas em casos excepcionais. Num sussurro, tinha explicado essas circunstâncias a Maxim: "Nós não negamos incentivos materiais se uma pessoa abandona o campo da reação pelo campo do progresso."

Stravinski era uma outra questão. O amor e a reverência pela música dele nunca foram abalados. E, como prova disso, tinha uma enorme foto do colega compositor sob o vidro da mesa de trabalho. Todos os dias olhava para ela e se recordava do salão dourado do Waldorf Astoria; se lembrava da traição e da vergonha moral que enfrentara.

Quando o Degelo chegou, a música de Stravisnki voltou a ser tocada, e Khrushchev, cujo conhecimento musical era proporcional ao que um porco entende de laranjas, foi convencido a convidar o famoso exilado a fazer uma visita. Seria um grande golpe de propaganda, além de tudo. Talvez quisesse de alguma forma transformar Stravinski outra vez em um compositor puramente russo e não cosmopolita. E talvez Stravinski, por seu lado, esperasse redescobrir alguns resquícios da velha Rússia deixada para trás tanto tempo antes. Talvez os dois sonhos tenham sido frustrados. Mas Stravinski se divertiu um pouco. Durante décadas havia sido denunciado pelas autoridades soviéticas como um lacaio do capitalismo. Então, quando algum burocrata da área musical surgiu com um sorriso falso e uma mão estendida, Stravinski, em vez de oferecer a própria mão, ergueu o cabo da bengala para que o representante oficial sacudisse. O gesto foi claro: quem era o lacaio agora?

Mas uma coisa era humilhar um burocrata soviético agora que o Poder tinha se tornado vegetariano; outra era protestar quando o Poder era carnívoro. E Stravinski tinha passado décadas sentado no alto do Monte Olimpo americano, distante, egocêntrico, indiferente, enquanto, em sua terra natal, artistas e escritores e suas famílias eram perseguidos, foram presos, exilados e assassinados. Ele pronunciara publicamente uma única palavra de protesto enquanto respirava o ar da liberdade? Aquele silêncio tinha sido desprezível; assim, na mesma medida que idolatrava Stravinski como compositor, ele o desprezava como pensador. Bem, talvez isso respondesse a pergunta sobre honestidade pessoal e artística; a falta de uma não necessariamente contaminava a outra.

Tinham se encontrado duas vezes no decorrer das visitas do exilado. Nenhuma das duas ocasiões havia sido um sucesso. Ele próprio se sentia apreensivo e nervoso, enquanto Stravinski estava atrevido e seguro de si. O que poderiam dizer um ao outro? Então, tinha perguntado:
– O que o senhor pensa de Puccini?
– Eu o detesto – Stravinski tinha respondido.
E ele havia concordado:
– Eu também.
Será que algum deles achava mesmo isto – de forma tão absoluta quanto tinham falado? Provavelmente não. Um era instintivamente dominante; o outro, instintivamente submisso. Esse era o problema dos "encontros históricos".

Também teve um "encontro histórico" com Akhmatova. Havia convidado-a para visitá-lo em Repino. Ela foi. Ficou sentado em silêncio; ela também; depois de vinte minutos, ela se levantou e saiu. Depois, disse: "Foi maravilhoso."
Havia muito a dizer a respeito do silêncio, aquele lugar onde as palavras se esgotam e a música começa; também, onde a música se esgota. Às vezes comparava a própria situação com a de Sibelius, que não escreveu nada na última terça parte da vida e que em vez de escrever ficava sentado, personificando a Glória do Povo Finlandês. Essa não era uma forma ruim de existir; mas ele duvidava que tivesse a força necessária para ficar em silêncio.
Sibelius, aparentemente, sentia uma enorme insatisfação e tinha grande desprezo por si mesmo. Diziam que, no dia em que

queimou todos os manuscritos, ele sentiu um peso ser tirado dos seus ombros. Isso fazia sentido. Assim como a ligação entre desprezo por si mesmo e álcool, um incitando o outro. Ele conhecia muito bem essa ligação, esse incitamento.

Uma versão diferente da visita de Akhmatova a Repino se espalhava. Nesta, ela dizia: "Nós conversamos por vinte minutos. Foi maravilhoso." Se havia mesmo dito isso, estava fantasiando. Mas esse era o problema dos "encontros históricos". Em que a posteridade deveria acreditar? Às vezes, ele achava que havia uma versão diferente para tudo.

Quando conversara com Stravinski sobre regência, havia confessado: "Não sei como não ter medo." Na época, achara que estava falando apenas sobre regência. Agora não tinha tanta certeza.

Não tinha mais medo de ser morto – isso era verdade, e devia ter sido uma vantagem. Sabia que iam permitir que vivesse e que receberia os melhores cuidados médicos. Mas, de certa forma, isso era pior. Porque é sempre possível levar os vivos a um nível mais baixo. Não se pode dizer isso dos mortos.

Tinha ido a Helsinki para receber o Prêmio Sibelius. No mesmo ano, simplesmente entre os meses de maio e outubro, tinha sido nomeado membro da Accademia di Santa Cecilia em Roma, Commandeur de l'Ordre des Arts et des Lettres em Paris, doutor honorário na Universidade de Oxford e membro da Royal Academy of Music em Londres. Nadava em honrarias como um camarão no molho do seu coquetel. Em Oxford, conhecera Poulenc, que também iria receber um diploma honorário. Mostraram aos dois um piano que aparentemente havia pertencido a Fauré. Respeitosamente, cada um deles tinha tocado alguns acordes.

Essas ocasiões deveriam proporcionar grande prazer a um homem normal e seriam recebidas como doces e merecidos consolos da idade. Mas ele não era um homem normal; e, enquanto o cobriam de honrarias, também o entupiam de verduras. Como eram astuciosamente diferentes os ataques agora. Vinham com um sorriso, vários copos de vodca e piadas solidárias sobre o fato de dar dor de barriga no Primeiro Secretário, e depois os elogios, a bajulação, e os silêncios e as expectativas... e às vezes ficava bêbado, e às vezes realmente não sabia o que estava acontecendo até chegar em casa, ou ir ao apartamento de um amigo, onde podia romper em prantos e soluços e gritos de ódio de si mesmo. Tinha chegado ao ponto de desprezar a pessoa que era, quase que diariamente. Devia ter morrido anos atrás.

Além disso, tinham matado *Lady Macbeth de Mtsensk* uma segunda vez. A peça fora banida por vinte anos, desde o dia em que Molotov, Mikoyan e Jdanov haviam rido e debochado enquanto Stálin se escondia atrás de uma cortina. Com Stálin e Jdanov mortos, e depois da instituição do Degelo, tinha revisado a ópera com a ajuda de Glikman, amigo e colaborador desde o início dos anos trinta. Glikman, que estava sentado ao seu lado no dia em que ele colara "Confusão em vez de música" no álbum de recortes. A nova versão da ópera foi para o Leningrad Maly Theatre, que havia pedido permissão para encená-la. Mas o processo empacou e ele foi aconselhado que a única esperança de acelerá-lo era que o próprio compositor escrevesse uma petição ao Vice-Presidente do Conselho de Ministros da União Soviética. O que, evidentemente, era humilhante, porque o Vice-Presidente do Conselho de Ministros da União Soviética era nada mais nada menos do que Vyacheslav Mikhailovich Molotov.

Ainda assim, ele escreveu a carta, e o ministro da Cultura nomeou um comitê para examinar a nova versão. Como um gesto de respeito para com o mais ilustre compositor do país, o comitê iria à sua residência, na Mojaiskoye Highway. Glikman estava lá, bem como o diretor do Teatro Maly e seu regente de orquestra. O comitê consistia dos compositores Kabalevski e Chulaki, do musicólogo Khubov e do maestro Tselikovski. Estava muito nervoso antes da chegada do grupo. Entregou aos presentes cópias datilografadas da partitura. Depois, tocou toda a ópera, cantando todos os papéis, enquanto Maxim, sentado ao seu lado, virava as páginas.

Tinha havido uma pausa, que se estendeu para um silêncio constrangedor, e então o comitê iniciou o trabalho. Vinte anos se passaram, e não eram mais quatro homens poderosos sentados num camarote à prova de balas; eram quatro profissionais da música – homens sofisticados, sem sangue nas mãos –, sentados no apartamento de um colega. E no entanto era como se nada tivesse mudado. Compararam o que tinham ouvido com o que havia sido escrito duas décadas antes e acharam a obra tão deficiente quanto a versão anterior. Argumentaram que, como "Confusão em vez de música" nunca fora oficialmente retirado, os princípios ainda eram aplicáveis. Um deles era de que a música gritava, grasnava, grunhia e ofegava, sem fôlego. Glikman tentara argumentar mas foi interrompido aos gritos por Khubov. Kabalevski elogiou certas partes da obra, embora tenha afirmado que o conjunto era moralmente repreensível, porque justificava as ações de uma assassina e meretriz. Os dois representantes do Teatro Maly ficaram calados; ele próprio ficou sentado no sofá, de olhos fechados, enquanto ouvia os membros do comitê tentarem ser cada vez mais e mais ofensivos.

Votaram unanimemente contra a aprovação da nova montagem da ópera graças a seus defeitos gritantes, artísticos e ideológicos. Kabalevski, tentando agradar, tinha dito:

– Mitya, por que a pressa? Ainda não chegou o momento certo para a sua ópera.

E parecia que jamais chegaria. Ele tinha agradecido ao comitê pela "crítica" e depois fora, com Glikman, para a sala reservada do restaurante Aragvi, onde ficaram muito bêbados. Essa era uma das poucas vantagens que via na velhice: não desmaiava mais depois de alguns copos. Podia passar a noite inteira bebendo, se desejasse.

Diaghilev costumava tentar convencer Rimski-Korsakov a ir a Paris. O compositor sempre recusava. No fim, o arrogante empresário usou uma estratégia que foi eficaz ao exigir sua presença. Resignado, Korsakov enviou um cartão-postal que dizia: "Se temos que ir, então vamos, assim como o papagaio disse ao gato que o arrastava pelo rabo, escada abaixo."

Sim, era assim que a vida sempre parecia ser. E sua cabeça tinha batido repetidamente em muitos degraus.

Sempre fora um homem meticuloso. Ia ao barbeiro e ao dentista a cada dois meses – era tão ansioso quanto meticuloso. Estava sempre lavando as mãos; esvaziava cinzeiros assim que via duas guimbas acumuladas. Gostava de saber que as coisas estavam funcionando direito: água, eletricidade, encanamento. Marcava nos calendários os aniversários dos familiares, amigos e colegas, e sempre haveria um cartão ou telegrama para cada um deles. Quando visitava a dacha nos arredores de Moscou, a primeira providência que tomava era mandar a si mesmo um cartão-postal, para checar a confiabilidade do correio. Se isto às vezes se tornava uma certa mania, era uma mania necessária. Quando o mundo se torna incontrolável, é preciso ter certeza de que algo está sob controle. Mesmo que seja pouco.

Tinha no corpo a mesma tensão de sempre; talvez maior. Mas a mente não saltava mais; atualmente, mancava cautelosamente de uma ansiedade para outra.

★

Imaginou o que o rapaz com a mente que não parava quieta teria pensado do velho que olhava pela janela do banco de trás do carro com motorista.

Pensou no que teria acontecido depois do final da história de Maupassant que tanto o impressionara na juventude: a história sobre amor despreocupado, apaixonado. O leitor sabia o que acontecia depois do encontro dramático dos amantes? Precisava verificar, se conseguisse achar o livro.

Ainda acreditava em Amor Livre? Talvez sim; na teoria; para os jovens, os aventureiros, os despreocupados. Mas quando chegavam os filhos, não era possível que os dois pais buscassem o próprio prazer – não sem causar um prejuízo enorme. Tinha conhecido casais tão decididos a manter a liberdade sexual que seus filhos acabaram em orfanatos.

O custo era alto demais. Então tinha que haver alguma acomodação. Era nisso que consistia a vida, depois da parte em que tudo cheirava a óleo de cravo. Por exemplo, um parceiro podia praticar o Amor Livre enquanto o outro tomava conta dos filhos. Era mais comum que o homem gozasse dessa liberdade; mas em alguns casos a mulher também tinha a oportunidade. Era assim que seu caso podia parecer a distância, para alguém que não conhecesse os detalhes. Esse espectador constantemente veria Nina Vasilyevna fora de casa, a trabalho ou prazer, ou ambas as coisas ao mesmo tempo. Não era feita para a vida doméstica, Nita, nem por temperamento nem por hábito.

Uma pessoa podia acreditar de verdade nos direitos da outra – no direito ao Amor Livre. Mas, sim, entre a ideia e a realização geralmente havia certa angústia. E então ele tinha se enterrado na música, que tomava toda a sua atenção e portanto o consolava. Só que, quando estava presente na própria música, ficava inevitavelmente ausente dos seus filhos. E às vezes, era verdade, tivera seus flertes. Mais do que flertes. Tinha tentado fazer o melhor possível, o que era tudo o que um homem podia fazer.

Nina Vasilyevna tinha sido tão cheia de alegria e de vida, tão extrovertida, tão autoconfiante que não era surpresa que os outros a amassem também. Era isso que dizia a si mesmo; e era verdade, e bastante compreensível, embora às vezes fosse doloroso. Mas também sabia que ela o amava e o havia protegido de muitas coisas que ele não conseguiu ou não quis enfrentar; além disso, sabia que ela se orgulhava dele. Tudo isso era importante. Porque aquela pessoa que olhava de fora e não entendia, compreenderia ainda menos o que aconteceu quando ela morreu. Na época, estava na Armênia com A. e, de repente, ficou doente. Ele comprou passagens de avião para viajar com Galya, mas Nita morreu logo depois de eles chegarem.

Para citar apenas os fatos: ele e Galya voltaram para Moscou de trem. O corpo de Nina Vasilyevna tinha sido mandado de avião, acompanhado por A. No enterro tudo era preto e branco e vermelho: terra, neve e rosas vermelhas providenciadas por A. Na beira da sepultura, segurou A. junto a si. E ficou perto dele – ou melhor, o manteve perto de si – durante um mês ou mais. E depois, quando ia visitar Nita, quase sempre encontrava rosas vermelhas levadas por A. espalhadas sobre o túmulo. Achava aquela visão confortadora. Algumas pessoas não entenderiam isto.

Uma vez tinha perguntado se Nita planejava deixá-lo. Ela rira e respondera: "Não, a menos que A. descubra uma nova partícula e ganhe o Prêmio Nobel." E ele riu também, sem ser capaz de imaginar que uma coisa ou outra poderia acontecer. Alguns não compreenderiam a risada. Bem, isto não foi nenhuma surpresa.

Só guardava um ressentimento. Quando todos moravam no Mar Negro, geralmente em sanatórios diferentes, A. chegava em seu Buick para levar Nita para dar um passeio. Esses passeios não eram um problema. E sempre tivera a música – tinha a habilidade de encontrar um piano onde quer que estivesse. A. não dirigia, então tinha um motorista. Não, o motorista também não era o problema. O problema era o carro. A. havia comprado o Buick de um armênio repatriado. E obtivera permissão para isso. Esse era o problema. Prokofiev teve permissão para comprar o Ford; A. podia ter o Buick; Slava Rostropovich conseguira a permissão para ter um Opel, outro Opel, um Land Rover e depois uma Mercedes. Ele, Dmitri Dmitrievich Shostakovich, não obteve permissão para comprar um carro estrangeiro. Ao longo dos anos, pôde escolher entre um KIM-10-50, um GAZ-MI, um Pobeda, um Moskvich e um Volga... Então, sim, invejava o Buick de A., com os cromados e o estofamento de couro e as asas e os faróis enfeitados, e o ruído diferente que fazia, e a atenção que chamava onde quer que estivesse. Era quase uma coisa física, aquele Buick. E Nina Vasilyevna, sua esposa de olhos dourados, estava dentro dele. E apesar de todos os seus princípios, às vezes isso também era um problema.

Achou a história de Maupassant, aquela sobre amor sem limites, amor sem preocupação com o amanhã. O que tinha esquecido era que no amanhã o jovem comandante sofria uma severa repreensão por ter simulado a emergência, e o batalhão inteiro era punido com a transferência para o outro extremo da França. E então Maupassant incluíra na própria narrativa uma especulação. Talvez essa não fosse, como o autor tinha pensado a princípio, uma história heroica de amor, digna de Homero e da Antiguidade, mas sim uma história moderna, banal, típica de Paul de Kock; e talvez o comandante estivesse agora se gabando, na frente de um punhado de colegas, do gesto melodramático e da recompensa sexual. Uma contaminação de romance como essa era bastante provável no mundo moderno, Maupassant concluíra; mesmo que o gesto inicial e a noite de amor permanecessem e tivessem uma pureza própria.

Ele refletiu sobre a história e recordou algumas das coisas que tinham acontecido em sua vida. A alegria de Nita diante da admiração de outra pessoa; a brincadeira sobre o Prêmio Nobel. E então ele se perguntou se devia ver a si mesmo de uma forma diferente: como Monsieur Parisse, o marido comerciante, preso do lado de fora da cidade, obrigado, sob a mira de uma baioneta, a passar a noite na sala de espera da estação de trem de Antibes.

Voltou a atenção para a orelha do chofer. No Ocidente, um motorista era um empregado. Na União Soviética, era um membro de uma profissão digna e bem paga. Depois da guerra, muitos engenheiros com experiência militar tinham se tornado motoristas. Todos os tratavam com respeito. Nunca criticavam o modo como dirigiam, ou o estado do carro, porque o menor comentário normalmente deixava-os de cama por duas semanas por causa de alguma doença misteriosa. Todos também ignoravam o fato de que, além do emprego fixo, o motorista geralmente trabalhava por conta própria, nas horas vagas, para ganhar um dinheiro extra. Então era preciso tratá-lo com deferência, e isto estava correto: em certos aspectos, era mais importante do que o passageiro. Havia motoristas tão bem-sucedidos que tinham o próprio chofer. Havia compositores tão bem-sucedidos que precisavam de outros para compor em seu lugar? Provavelmente; esses boatos eram comuns. Diziam que Khrennikov estava sempre tão ocupado enquanto era amado pelo Poder que só tinha tempo para esboçar as músicas orquestradas por outras pessoas. Talvez esse fosse o caso, mas se era, não importava tanto assim: a música não seria melhor nem pior se Khrennikov a houvesse orquestrado pessoalmente.

Khrennikov ainda estava lá. Marionete de Jdanov, que ameaçava e maltratava avidamente; que tinha perseguido até o antigo professor, Shebalin; que agia como se assinasse pessoalmente cada documento para permitir que compositores comprassem papel pentagramado. Khrennikov, escolhido por Stálin assim como um pescador reconhece outro de longe.

Aqueles que eram obrigados a bancar o freguês da loja de Khrennikov gostavam de contar certa história a seu respeito. Um dia, o Primeiro Secretário da União de Compositores foi chamado ao Kremlin para discutir quais seriam os candidatos ao Prêmio Stálin. A lista tinha sido feita, como sempre, pela União, mas era Stálin quem fazia a escolha final. Nesta ocasião, e por um motivo qualquer, ele decidira não fazer o papel do benevolente Timoneiro e sim lembrar o comerciante de sua origem humilde. Khrennikov entrou na sala; Stálin ignorou-o, fingindo trabalhar. Khrennikov ficou cada vez mais ansioso. Stálin levantou os olhos. Khrennikov murmurou algo sobre a lista de candidatos. Em resposta, ele "olhou-o de cima a baixo", como dizem. E, imediatamente, Khrennikov se borrou todo. Apavorado e gaguejando alguma desculpa, fugiu da presença do Poder. Do lado de fora, encontrou dois enfermeiros fortes, muito acostumados àquela espécie de reação, que o agarraram, o levaram a uma sala especial, deram-lhe um banho de mangueira, deixaram que se recuperasse e devolveram as calças.

Esse comportamento não era, é claro, anormal. E com certeza ninguém desprezava um homem pela fraqueza de seus intestinos quando na presença de um tirano que podia mandar matar qualquer um por capricho. Não, o que devia ser desprezado em Tikhon Nikolayevich Khrennikov era o seguinte: ele narrara o vexame com enlevo.

Agora, Stálin tinha morrido e Jdanov também, e a tirania foi repudiada – mas Khrennikov ainda estava lá, inabalável, bajulando os novos chefes como havia feito com os velhos; admitindo que, sim, alguns erros tinham sido cometidos, mas que todos foram corrigidos prontamente. Khrennikov continuaria vivo depois que todos morressem, claro, mas um dia até ele iria morrer. A menos que essa fosse a única lei da natureza que não se aplicasse: talvez Tikhon Khrennikov fosse viver para sempre, um símbolo permanente e necessário do homem que amava o Poder e sabia como ser amado de volta. E se não Khrennikov em pessoa, então seus dublês e descendentes: iriam viver para sempre, não importa como a sociedade mudasse.

Gostava de pensar que não tinha medo da morte. Era da vida que tinha medo, não da morte. Ele acreditava que as pessoas deveriam pensar mais na morte, se acostumar com a ideia. Deixá-la surgir inesperadamente não era a melhor maneira de viver. Era necessário se familiarizar: fosse pela escrita ou, no caso dele, pela música. Acreditava que, se pensássemos sobre a morte mais cedo em nossas vidas, cometeríamos menos erros.

Não que não tivesse cometido muitos erros.

E às vezes achava que teria cometido todos os erros, mesmo que não estivesse constantemente preocupado com a morte.

E às vezes achava que a morte era realmente a coisa que mais o aterrorizava.

O segundo casamento: esse tinha sido um dos seus erros. Nita havia morrido e, então, pouco depois de um ano, a mãe dele também. As duas presenças femininas mais fortes em sua vida: guias, professoras, protetoras. Tinha ficado muito só. A ópera tinha acabado de ser assassinada pela segunda vez. Ele sabia que era incapaz de ter relacionamentos frívolos; precisava de uma esposa ao seu lado. E então, enquanto atuava como presidentes do júri de Melhor Conjunto de Coros no Festival Mundial da Juventude, notara Margarita. Alguns diziam que era parecida com Nita Vasilyevna, mas ele não via essa semelhança. Trabalhava na Organização Comunista da Juventude, e talvez tivesse sido colocada propositadamente no caminho dele, embora isso não servisse como desculpa. Não tinha muito conhecimento de música, tampouco se interessava em ter. Havia tentado agradar, mas fracassara. Nenhum dos seus amigos gostava dela, ninguém aprovou o casamento, que, é claro, tinha acontecido repentinamente e em segredo. Galya e Maxim não ficaram felizes – o que devia esperar, depois de ter substituído tão rapidamente a mãe deles? –, e, portanto, ela também não se afeiçoou às crianças. Um dia, quando ela reclamava, ele disse, com um rosto perfeitamente sério:

– Por que não matamos os dois, para então podermos viver felizes para sempre?

Ela não entendera a observação, nem pareceu compreender que era uma brincadeira.

Separaram-se, depois se divorciaram. Não foi culpa dela: foi inteiramente dele. Tinha posto Margarita numa posição insustentável. Na solidão, entrara em pânico. Bem, isso não era nenhuma novidade.

Além de organizar competições de vôlei, ele também fora juiz de tênis. Uma vez, num sanatório na Crimeia, reservado para funcionários do governo, tinha sido encarregado de uma partida com a presença de Serov, então chefe da KGB. Sempre que o general reivindicava uma repetição de ponto ou uma bola na linha, ele desfrutava da autoridade temporária. "Não se discute com o juiz", ordenava. Esta fora uma das poucas conversas com o Poder que tinha apreciado.

Fora ingênuo? Claro. Por outro lado, tinha se acostumado tanto com ameaças e intimidações e xingamentos que não desconfiava tanto de elogios e palavras amáveis quanto deveria. E não era o único trouxa. Depois que Nikita, a Espiga de Milho, denunciou o Culto à Personalidade, depois que os erros de Stálin foram reconhecidos e algumas de suas vítimas reabilitadas postumamente, depois que as pessoas começaram a voltar dos campos de concentração e depois que *Um dia na vida de Ivan Denisovich* foi publicado, como os homens e as mulheres poderiam deixar de ter esperança? Não importava que a queda de Stálin significasse a restauração de Lênin, que as mudanças na linha política geralmente tivessem a mera intenção de passar a perna em rivais e que o romance de Soljenitsyn fosse, na sua opinião, a realidade disfarçada, e a verdade fosse dez vezes pior: mesmo assim, como os homens e as mulheres poderiam deixar de ter esperança, ou de acreditar que os novos governantes fossem melhores que os velhos?

E esse, é claro, foi o momento em que as mãos ávidas se estenderam para ele. Veja como as coisas mudaram, Dmitri Dmitrievich, como você está coberto de honrarias, um adorno do país, como nós o deixamos viajar para o exterior para receber prêmios e diplomas como embaixador da União Soviética – veja como o valorizamos! Acreditamos que a dacha e o chofer lhe tenham agradado, você precisa de mais alguma coisa, Dmitri Dmitrievich?, tome mais um copo de vodca, o carro estará à espera não importa quantas vezes brindarmos. A vida sob o Primeiro Secretário é tão melhor, você não concorda?

E por qualquer critério de medida, era obrigado a concordar. *Era* melhor, como a vida de um prisioneiro em confinamento solitário melhora se ele ganha um companheiro de cela, se permitem que ele escale as grades e respire o ar do outono e se o carcereiro não cospe mais na sopa – pelo menos, não na presença do prisioneiro. Sim, nesse sentido era melhor. E é por isso, Dmitri Dmitrievich, que o Partido quer acolhê-lo. Todos nos lembramos de como você foi perseguido durante o Culto à Personalidade. Mas o Partido adotou uma autocrítica saudável. Tempos melhores chegaram. Então só queríamos de você um reconhecimento de que o Partido mudou. O que não é pedir muito, é, Dmitri Dmitrievich?

*

Dmitri Dmitrievich. Muitos anos antes, ele deveria ter se chamado Yaroslav Dmitrievich. Antes que os pais permitissem que um padre autoritário os convencesse de desistir do nome. Talvez estivessem apenas demonstrando gentileza e piedade sob o próprio teto. Ou talvez ele tivesse nascido – ou pelo menos fora batizado – sob a estrela da covardia.

O homem que escolheram para a Terceira e Última Conversa com o Poder foi Pyotr Nikolayevich Pospelov. Membro do Bureau do Comitê Central da Federação Russa, principal ideólogo do Partido nos anos quarenta, antigo editor do *Pravda*, autor de um daqueles livros que ele tinha deixado de ler na época da tutoria com o camarada Troshin. Um rosto razoável, com uma das seis Ordens de Lênin na lapela. Pospelov fora um grande apoiador de Stálin até se tornar um grande apoiador de Khrushchev. Podia explicar fluentemente como a derrota de Trótski e a vitória de Stálin tinham preservado a pureza do leninismo na União Soviética. Atualmente, Stálin estava em desgraça, mas Lênin havia voltado às boas graças. Mais alguns giros da roda e seria Nikita, a Espiga de Milho, quem estaria em desgraça; mais alguns depois disso e talvez Stálin e o stalinismo estivessem de volta. E os Pospelovs deste mundo – como os Khrennikovs – perceberiam cada mudança com antecedência, teriam os ouvidos colados no chão e os olhos pregados na grande oportunidade e ergueriam o dedo molhado no ar para perceber qualquer mudança de vento.

Mas isso não importava. O que importava era que Pospelov foi o interlocutor da última e péssima Conversa com o Poder.

– Tenho ótimas notícias – Pospelov anunciou, puxando-o de lado em alguma recepção à qual ele só tinha comparecido porque nunca paravam de convidá-lo. – Nikita Sergeyevich anunciou pessoalmente uma moção para que você seja indicado Presidente da União de Compositores da Federação Russa.

– Esta é uma honra grande demais – tinha respondido instintivamente.

– Mas, vindo do Primeiro Secretário, é uma honra que você não pode recusar.
– Eu não mereço tal honra.
– Talvez não caiba a você julgar o seu valor. Nikita Sergeyevich está mais bem posicionado do que você neste aspecto.
– Eu não poderia aceitar de forma alguma.
– Ora, não diga isso, Dmitri Dmitrievich, você aceitou grandes honrarias de várias partes do mundo, e nós ficamos satisfeitos ao vê-lo aceitá-las. Então não consigo entender como você pode rejeitar uma honraria oferecida por sua própria pátria.
– Lamento ter tão pouco tempo. Sou um compositor, não um presidente.
– Isto tomaria muito pouco do seu tempo. Nós cuidaríamos de tudo.
– Sou um compositor, não um presidente.
– Você é o nosso maior compositor vivo. Todo mundo reconhece isso. Os anos difíceis ficaram para trás. Por isso é que isto é tão importante.
– Não estou entendendo.
– Dmitri Dmitrievich, todos sabemos que você não escapou de certas dificuldades durante o Culto à Personalidade. Mesmo assim, se me permite dizer, você foi mais protegido do que a maioria.
– Posso assegurar-lhe que não tive essa impressão.
– E é por isso que é tão importante que você aceite a presidência. Para demonstrar que o Culto à Personalidade acabou. Vou ser bem direto, Dmitri Dmitrievich: para que as mudanças realizadas sob o governo do Primeiro Secretário se consolidem, é preciso ter o apoio de declarações públicas e nomeações como a que acabou de ser proposta.
– Estou sempre disposto a assinar uma carta.
– Você sabe que não é isso que estou pedindo.
– Eu não mereço – tinha repetido, acrescentando: – Não passo de um verme ao lado do Primeiro Secretário.
Ele duvidava que Pospelov perceberia a alusão. De fato, ele riu, incrédulo.

– Estou certo de que conseguiremos vencer sua modéstia natural, Dmitri Dmitrievich. Mas falaremos mais sobre isso em outra ocasião.

Toda manhã, em vez de rezar, recitava para si mesmo dois poemas de Evtushenko. Um era "Carreira", que descrevia como são as vidas sob a sombra do Poder:

"Nos tempos de Galileu, um colega cientista
Não era mais estúpido do que Galileu.
Ele sabia muito bem que a Terra girava,
Mas também tinha uma família grande para alimentar."

Era um poema sobre consciência e resignação:

"Mas o tempo tem uma forma de demonstrar
Que os mais teimosos são os mais inteligentes."

Isso era verdade? Ele jamais conseguiu chegar a uma decisão. Ao final, o poema marcava a diferença entre ambição e autenticidade artística:

"Vou, portanto, seguir minha carreira
Tentando não seguir uma carreira."

Estes versos ao mesmo tempo o confortavam e o questionavam. Era, no fundo, apesar de toda a ansiedade e o medo e a civilidade típica de um cidadão de Leningrado, um homem teimoso que tinha tentado buscar a verdade na música.

Mas "Carreira" era algo essencialmente ligado à consciência; e a dele o acusava. De que serve, afinal, uma consciência, senão para buscar, como uma língua examinando os dentes em busca de cáries, áreas de fraqueza, duplicidade, covardia, fantasia? Se ele ia ao dentista a cada dois meses, sempre suspeitando de que havia algo errado em sua boca, então a consciência era examinada diariamente, sempre com uma suspeita de que havia algo errado em sua alma. Havia muitas coisas de que poderia acusar a si mesmo: atos de omissão, trabalhos medíocres, concessões, a moeda paga a César. Às vezes via a si mesmo tanto como Galileu quanto como aquele colega cientista, aquele com bocas para alimentar. Tinha sido tão corajoso quanto a própria natureza permitira; mas a consciência estava sempre lá para insistir que deveria ter demonstrado mais coragem.

Ele esperou, e tentou, nas semanas subsequentes, evitar Pospelov, mas lá estava ele de novo, uma noite, andando em sua direção, no meio do burburinho de vozes e da hipocrisia e dos copos transbordantes.

– Então, Dmitri Dmitrievich, você já pensou no assunto?

– Ah, eu não mereço essa honra, como já disse.

– Comuniquei sua concordância em pensar seriamente na presidência, e disse a Nikita Sergeyevich que apenas a modéstia o impedia de aceitar.

Fez uma pausa para refletir sobre a distorção da conversa anterior, mas Pospelov continuou:

– Ora, pense bem, Dmitri Dmitrievich, há um ponto em que a modéstia se torna uma espécie de vaidade. Estamos contando que você aceitará, e você vai aceitar. É claro, como nós dois sabemos; a questão não é a presidência da União de Compositores da Federação Russa. E é por isso que entendo perfeitamente a sua hesitação. Mas todos nós concordamos que chegou o momento.

– Que momento?

– Bem, você não pode se tornar presidente da União sem entrar para o Partido. Seria contra todas as regras constitucionais. É claro que você sabia disso. Foi por isso que hesitou. Mas posso garantir que não haverá mais obstáculos à sua frente. Realmente, é só uma questão de assinar a ficha de inscrição. Nós cuidaremos do resto.

Ele sentiu, de repente, que todo o ar fora sugado do corpo. Como, por que não tinha previsto isso? Durante todos os anos de terror tinha sido capaz de dizer, pelo menos, que ninguém nunca tentara tornar as coisas mais fáceis contanto que se tornasse membro do Partido. E agora, finalmente, depois que o grande terror havia passado, tinham vindo em busca de sua alma.

Tentou se controlar antes de responder, mas, mesmo assim, o que disse saiu de supetão:

– Pyotr Nikolayevich, não sou digno nem adequado para isso. Não tenho uma natureza política. Tenho que admitir que nunca entendi direito os princípios básicos do marxismo-leninismo. Realmente, me designaram um professor, o camarada Troshin, e li todos os livros que ele me deu para ler, inclusive, como bem me lembro, um dos seus, mas fiz tão pouco progresso que acho que devo esperar até estar melhor preparado.

– Dmitri Dmitrievich, nós todos sabemos dessa indicação desafortunada e, se me permite dizer, desnecessária, de um professor de política. Tão humilhante para você, e tão característica da vida sob o Culto à Personalidade. Mais um motivo para mostrar que os tempos mudaram e que os membros do Partido não são obrigados a ter um entendimento profundo de teoria política. Hoje em dia, sob o governo de Nikita Sergeyevich, nós todos respiramos mais livremente. O Primeiro Secretário ainda é um homem jovem, e seus planos se estendem por muitos anos. É importante para nós que você seja visto como alguém que aprova esses novos caminhos, essa nova liberdade para respirar.

Não sentia muita liberdade para respirar no momento e procurou outra estratégia de defesa.

– A verdade é que, Pyotr Nikolayevich, tenho certas crenças religiosas que, do modo como eu entendo, são totalmente incompatíveis com a minha filiação ao Partido.

– Crenças que você sabiamente guardou para si, mesmo durante muitos anos, é claro. E como não são publicamente conhecidas, esse não é um problema que precisemos resolver. Não vamos enviar um professor para ajudar você com esta... como posso dizer, com esta excentricidade antiquada.

– Sergei Sergeyevitch Prokofiev era um Cientista Cristão – ele respondeu pensativamente. Consciente de que isto não era estritamente pertinente, perguntou: – Você não está querendo dizer que vão reabrir as igrejas?

– Não, eu não estou dizendo isso, Dmitri Dmitrievich. Mas é claro que, agora que um ar mais doce nos cerca, quem sabe o que em breve estaremos livres para discutir? Livres para discutir com nosso novo e distinto membro do Partido.

– E no entanto – ele respondeu, passando do divino para o particular –, e no entanto, corrija-me se eu estiver errado, não há nenhuma razão para que um presidente da União tenha que ser membro do Partido.

– Qualquer outra possibilidade seria inconcebível.

– E, no entanto, Konstantin Fedin e Leonid Sobolev foram dirigentes da União dos Escritores e não eram membros do Partido.

– Realmente. Mas quem já ouviu falar em Fedin e Sobolev em comparação com aqueles que conhecem o nome de Shostakovich? Isto não é um argumento. Você é o mais famoso, mais celebrado dos nossos compositores. Seria inconcebível que se tornasse presidente da União sem ser membro do Partido. Ainda mais porque Nikita Sergeyevich tem grandes planos para o desenvolvimento da música na União Soviética.

Farejando uma saída, ele perguntou:

– Que planos? Não li nada a respeito de planos para a música.

– É claro que não. Porque você será convidado a ajudar o comitê apropriado a formulá-los.

– Não posso me filiar a um partido que baniu a minha música.

– Que música sua está banida, Dmitri Dmitrievich? Perdoe-me por não...

– *Lady Macbeth de Mtsensk*. Foi banida, primeiro, sob o Culto à Personalidade, e novamente quando o Culto à Personalidade foi derrubado.

– Sim – Pospelov respondeu apaziguadoramente. – Entendo que isso possa parecer uma dificuldade. Mas deixe-me falar, agora, de um homem prático para outro. A melhor forma, a forma mais fácil, de você conseguir encenar essa ópera é entrando para o Partido. É preciso dar alguma coisa para conseguir algo neste mundo.

A untuosidade do homem o enfureceu. Então ele usou o argumento definitivo.

– Então deixe-me responder para você de um homem prático para outro. Eu sempre disse, e este tem sido um dos princípios básicos da minha vida, que jamais me filiaria a um partido que mata.

Pospelov nem pestanejou.

– Mas essa é precisamente a questão, Dmitri Dmitrievich. Nós, o Partido, mudamos. Não matamos mais. Você pode citar uma pessoa que tenha sido morta sob o governo de Nikita Sergeyevich? Uma única pessoa? Pelo contrário, vítimas do Culto à Personalidade estão voltando à vida normal. Os nomes daqueles que foram expurgados estão sendo reabilitados. Precisamos que este trabalho prossiga. As forças reacionárias estão sempre presentes e não devem ser subestimadas. É por isso que estamos pedindo a sua ajuda, que você se junte ao lado do progresso.

Ele saiu exausto do encontro. Então, houve outro encontro. E outro. Parecia que, para onde quer que se virasse, via Pospelov, de copo na mão, vindo na sua direção. O homem começou até a habitar seus sonhos, sempre falando numa voz calma e racional e, no entanto, levando-o à loucura. O que sempre tinha desejado, senão que o deixassem em paz? Ele se abriu com Glikman, mas não com a família. Bebia, não conseguia trabalhar, estava em farrapos. Havia limites para o que um homem conseguia suportar na vida.

1936; 1948; 1960. Vinham atrás dele a cada doze anos. E todos esses anos, é claro, foram bissextos.

*

"Ele não conseguiu viver em paz consigo mesmo." Era só uma expressão, mas uma expressão exata. Sob a pressão do Poder, o eu racha e se quebra. O covarde conhecido convive com o herói secreto. Ou vice-versa. Ou, mais comumente, o covarde conhecido convive com o covarde secreto. Mas isso era simples demais: a ideia de um homem dividido ao meio por um machado. Melhor: um homem despedaçado em centenas de pedaços de entulho, tentando inutilmente lembrar como um dia tinha sido inteiro.

Sua amiga Slava Rostropovich dizia que quanto maior o talento artístico, maior a capacidade de suportar perseguições. Talvez isso se aplicasse a outras pessoas – com certeza era o que acontecia com Slava, que, de todo modo, tendia ao otimismo. E que era mais jovem e que não sabia como tudo tinha sido décadas antes. Ou como era ter o espírito, o ânimo destruídos. Depois que o ânimo ia embora, não era possível substituí-lo, como uma corda de violino. Faltava alguma coisa no fundo da sua alma, e tudo o que restava era – o quê? – uma certa astúcia estratégica, uma capacidade de bancar o artista desinteressado e uma determinação em proteger a própria música e a família a qualquer preço. Bem, ele finalmente pensou – num estado de espírito tão desprovido de cor e resolução que mal poderia ser chamado de estado de espírito –, talvez este seja o preço a pagar hoje.

E assim, entregou-se a Pospelov, como um homem moribundo se entrega a um padre. Ou como um traidor, depois de anestesiar a mente com vodca, se entrega a um pelotão de fuzilamento. Pensou em suicídio, é claro, quando assinou o papel que colocaram à sua frente; mas, se já cometia um suicídio moral, de que adiantaria o suicídio físico? Não era nem uma questão de falta de coragem para comprar e esconder e engolir os comprimidos. Era porque agora, nesta altura, não tinha mais nem o amor-próprio que o suicídio exigia.

Mas era covarde o suficiente para fugir, como o garotinho que largara a mão da mãe ao se aproximar da cabana de Jurgensen.

Assinou a ficha de filiação ao Partido, depois fugiu para Leningrado e se enfiou na casa da irmã. Eles podiam ter sua alma, mas não o corpo. Podiam anunciar que o famoso compositor tinha provado ser realmente um verme, entrando para o Partido para ajudar Nikita, a Espiga de Milho, a pôr em prática as maravilhosas, mesmo que ainda não formuladas, ideias sobre o futuro da música soviética. Mas não precisavam dele para anunciar sua morte moral. Ia ficar com a irmã até tudo terminar.

Aí os telegramas começaram a chegar. O anúncio oficial ia acontecer em Moscou, na data tal. A presença dele não era apenas solicitada, mas exigida. Não importa, pensou, vou ficar em Leningrado, e se eles me querem em Moscou, então vão ter que me amarrar e me arrastar até lá. Deixem o mundo ver como são recrutados os novos membros do Partido, amarrados e transportados como sacos de cebolas.

Ingênuo, tão inocente quanto um coelho assustado. Mandou um telegrama dizendo que estava doente e que infelizmente não ia poder comparecer à própria execução. Eles responderam que o anúncio então teria que esperar até que ele estivesse melhor. E enquanto isso, é claro, as notícias tinham vazado e se espalhado por toda a Moscou. Amigos telefonavam, jornalistas telefonavam: de quem ele tinha mais medo? Entretanto, não há como escapar ao próprio destino. Assim, ele voltou para Moscou e leu mais uma declaração que não escrevera, dizendo que havia solicitado a filiação ao Partido e esta fora aceita. Parecia que o poder soviético tinha finalmente decidido amá-lo; e ele nunca sentira um abraço mais pegajoso.

Quando se casou com Nina Vasilyevna, ele teve medo de contar à mãe. Quando entrou para o Partido, teve medo de contar aos filhos. A linha da covardia em sua vida era a única reta e verdadeira.

★

Maxim só viu o pai chorar duas vezes: quando Nina morreu e quando ele entrou para o Partido.

E então era um covarde. E aí se via girando como um porquinho-da-índia numa roda. E então depositaria toda a coragem que lhe restava em sua música e expressaria na vida toda a covardia. Não, tudo isso era por demais... reconfortante. Dizer: Ah, perdão, mas sou um covarde, você sabe, não há nada que eu possa fazer a respeito disso, Excelência, camarada, Grande Líder, velho amigo, esposa, filha, filho. Isso descomplicaria tudo, e a vida sempre recusou a simplicidade. Por exemplo, ele tivera medo do poder de Stálin, mas não do próprio Stálin: nem ao telefone, nem em pessoa. Por exemplo, era capaz de interceder por outros mas nunca ousaria pedir nada por si mesmo. Se surpreendia consigo às vezes. Então, talvez não fosse um caso inteiramente perdido.

Mas não era fácil ser um covarde. Ser um herói era muito mais fácil do que ser um covarde. Para ser um herói, só precisava ser corajoso por um instante – quando empunhava o revólver, atirava a bomba, apertava o detonador, matava o tirano e a si mesmo, também. Mas ser covarde era embarcar numa carreira que durava toda a vida. Nunca poderia relaxar. Era preciso antecipar a próxima vez que teria que encontrar desculpas para si mesmo, tremer, se encolher, se acostumar outra vez com o gosto de botas de borracha e com um estado de caráter fracassado e abjeto. Ser um covarde exigia obstinação, persistência, recusa à mudança – o que fazia da covardia, de certa forma, uma espécie de coragem. Ele sorriu consigo mesmo e acendeu outro cigarro. O prazer da ironia ainda não o abandonara.

Dmitri Dmitrievich Shostakovich entrou para o Partido Comunista da União das Repúblicas Socialistas Soviéticas. Não podia ser, porque não era possível, como o major disse quando viu a girafa. Mas era possível.

Sempre gostara de futebol. Sonhara em compor um hino. Era um árbitro qualificado. Tinha um caderno especial onde anotava os resultados da temporada. Quando era mais jovem, torcia para o Dínamo, e uma vez tinha viajado milhares de quilômetros até Tbilisi só para assistir a uma partida. Essa era a questão: precisava estar lá na hora do jogo, cercado por uma multidão de pessoas, todas enlouquecidas, gritando. Hoje em dia, as pessoas assistiam ao futebol pela televisão. Para ele, era como beber água mineral em vez de vodca Stolichnaya, tipo exportação.

A pureza do futebol, era isso o que o fizera se apaixonar. Um mundo feito de puro esforço e momentos de beleza, em que o certo e o errado eram decididos num instante pelo apito de um árbitro. Sempre se sentira distante do Poder e da ideologia e da linguagem vazia e da espoliação da alma de um homem. Só que – aos poucos, ano após ano – tinha se dado conta de que essa era apenas uma fantasia, a idealização sentimental do jogo. O Poder utilizava o futebol da mesma forma que usava tudo o mais. Assim: se a sociedade soviética era a melhor e mais avançada da história do mundo, então o futebol soviético deveria refletir isto. E se nem sempre conseguia ser o melhor, então devia ao menos ser melhor do que o das nações que tinham abandonado covardemente o caminho verdadeiro do marxismo-leninismo.

Lembrava-se das Olimpíadas de 1952 em Helsinki, quando a União Soviética jogara contra a Iugoslávia, feudo do revisionista criminoso da Gestapo, Tito. Para surpresa e decepção de todos, os iugoslavos tinham vencido de 3 x 1. Todo mundo imaginara que ele ficaria deprimido ao ouvir, em Komarova, o resultado, divulgado no rádio na manhã do dia seguinte. Mas ele tinha ido correndo para a dacha de Glikman e, juntos, esvaziaram uma garrafa inteira de conhaque *fine champagne*.

O resultado não importava tanto; havia mais em jogo naquela partida: um exemplo da sujeira que permeava tudo sob a tirania. Bashashkin e Bobrov: ambos com vinte e tantos anos, ambos leais ao time. Anatoli Bashashkin, capitão e meio-campo; Vsevolod Bobrov, o valente artilheiro, com cinco gols nas primeiras três partidas do time. Na derrota para a Iugoslávia, um dos gols do adversário tinha resultado de uma falha de Bashashkin – isso era verdade. E Bobrov gritara, tanto na hora quanto depois:
– Lacaio de Tito!

Todos tinham aplaudido a observação, que poderia ter sido uma piada grosseira se as consequências de uma acusação dessas não fossem bem conhecidas. E se Bobrov não fosse o melhor amigo de Vasily, filho de Stálin. O lacaio de Tito versus Bobrov, o grande patriota. O fingimento o enojara. O decente Bashashkin perdeu o título de capitão, enquanto que Bobrov passou a ser um herói do esporte nacional.

A questão era a seguinte: o que algumas pessoas, como os jovens compositores e pianistas, ou os idealistas e os puros, tinham pensado quando Dmitri Dmitrievich Shostakovich pediu para entrar para o Partido e foi aceito? Será que pensaram que ele parecia um lacaio de Khrushchev?

O motorista buzinava para um carro que vinha em sua direção. O outro carro buzinava de volta. Não havia nada nesses dois sons, apenas ruídos mecânicos. Mas da maioria das conjunções e sobreposições de sons ele conseguia tirar alguma coisa. A Segunda Sinfonia continha quatro apitos da sirene de uma fábrica em fá sustenido.

Adorava relógios grandes, de madeira. Tinha vários, e gostava de imaginar uma casa em que todos badalavam ao mesmo tempo. Então, de hora em hora, haveria uma mistura gloriosa de sons, uma versão doméstica, interna, do que deveria acontecer nas velhas cidades e aldeias russas quando todos os sinos das igrejas soavam juntos. Supondo que isso acontecesse. Talvez, em se tratando da Rússia, metade soasse atrasada, metade soasse adiantada.

No apartamento em Moscou, havia dois relógios que soavam exatamente no mesmo instante. Não por acaso. Ele ligava o rádio um ou dois minutos antes da hora. Galya ficava, então, na sala de jantar e, com a porta do relógio aberta, impedia que o pêndulo se movesse. Ele esperava no escritório, fazendo o mesmo com o relógio que ficava sobre a escrivaninha. Quando soava o sinal no rádio, ambos soltavam os pêndulos, e os relógios tocavam juntos. Ele encontrava um grande prazer nessa regularidade.

Certa vez, tinha visitado Cambridge, na Inglaterra, como hóspede de um antigo embaixador inglês em Moscou. Na casa em que ficara também havia dois desses relógios, mas existia um intervalo de um ou dois minutos entre as badaladas. Isto o havia perturbado. Ele se ofereceu para ajustar os relógios, usando o sistema que tinha inventado com Galya, para deixá-los em sincronia. O embaixador agradecera educadamente, mas disse que preferia que os relógios soassem separadamente: se não ouvisse direito o primeiro, sabia que em seguida conseguiria confirmar se eram três ou quatro horas. Sim, é claro que ele entendia, mas mesmo assim aquilo o irritava. Queria que as coisas tocassem juntas. Isso fazia parte da sua natureza.

Também amava candelabros. Com velas de verdade, não lâmpadas elétricas; e castiçais com uma única chama vacilante. Gostava de prepará-los: certificava-se de que cada vela estava na posição vertical, acendia os pavios com antecedência e depois apagava com um sopro, para que fosse mais fácil reacendê-los quando chegasse o grande momento. Quando fazia aniversário, sempre havia uma chama para cada ano de vida. E os amigos sabiam qual era o melhor presente para dar a ele. Khachaturian uma vez escolhera um esplêndido par de castiçais: de bronze, com pingentes de cristal.

Então, era um homem que gostava de relógios e castiçais. Havia comprado o primeiro carro particular antes da Grande Guerra Patriótica. Tinha um chofer e uma dacha. Vivera com empregados a vida inteira. Era um membro do Partido Comunista e um herói dos trabalhadores socialistas. Morava no sétimo andar do prédio da União dos Compositores, na rua Nejdanova. Como fora delegado da Federação Russa, bastava que escrevesse um bilhete para o gerente do cinema local para que Maxim ganhasse, na mesma hora, um par de entradas. Tinha acesso às lojas exclusivas dos burocratas. Fizera parte do comitê organizador do aniversário de setenta anos de Stálin. Quando se tratava de políticas culturais, era seu nome que aparecia nos documentos do Partido. Aparecia nas fotografias da elite política enturmado. E ainda era o compositor mais famoso da Rússia.

Aqueles que o conheciam, o conheciam. Aqueles que tinham ouvidos podiam ouvir sua música. Mas o que achavam dele aqueles que não o conheciam, os jovens que buscavam entender como o mundo funcionava? Como poderiam não julgá-lo? E o que pensaria agora o seu eu mais jovem se, parado na beira da calçada, visse seu rosto assombrado dentro de um carro oficial? Talvez esta fosse uma das tragédias que a vida trama para nós: é nosso destino nos tornarmos, na velhice, o que na juventude mais teríamos desprezado.

Comparecia às reuniões do Partido conforme fora instruído. Deixava a mente vagar durante os discursos intermináveis, aplaudindo sempre que os outros aplaudiam. Numa ocasião, um amigo perguntou por que aplaudira um discurso em que Khrennikov o havia criticado violentamente. O amigo achou que ele fora irônico ou, possivelmente, tinha se resignado. Mas a verdade era que ele não ouvira.

*

Aqueles que não o conheciam e que não se interessavam muito por música poderiam muito bem ter observado que o Poder mantivera o acordo que Pospelov tinha proposto. Dmitri Dmitrievitch Shostakovich fora recebido no santuário do Partido, e dois anos depois, sua ópera – agora intitulada *Katerina Izmailova* – estreava em Moscou. O *Pravda* comentou farisaicamente que a obra havia sido injustamente depreciada durante o Culto à Personalidade.

Outras produções se seguiram, no país e no estrangeiro. A cada apresentação, ele imaginava as óperas que poderia ter escrito se aquela parte de sua carreira não tivesse sido exterminada. Poderia ter adaptado não só "O nariz", mas toda a obra de Gogol. Ou pelo menos "O retrato", que o fascinava e assombrava havia muito tempo. Era a história de um jovem pintor talentoso chamado Chartkov, que vende a alma ao diabo em troca de um saco de moedas de ouro: um pacto faustiano que traz sucesso e elegância. Sua carreira é comparada com a de um colega do curso de arte, que desapareceu muito tempo antes para trabalhar e estudar na Itália, e é uma pessoa tão íntegra quanto desconhecida. Quando finalmente retorna do estrangeiro, esse colega exibe um único retrato; entretanto, deixa toda a obra de Chartkov no chinelo – e Chartkov sabe disso. A moral quase bíblica da história é: "Aquele que tem talento precisa ser mais puro de alma do que qualquer outra pessoa."

Em "O retrato" havia claramente a possibilidade de escolha: integridade ou corrupção. Integridade é como a virgindade: uma vez perdida, nunca mais é recuperada. Mas no mundo real, especialmente na versão extrema que ele tinha vivido, as coisas não eram assim. Havia uma terceira opção: integridade *e* corrupção. Era possível ser ao mesmo tempo Chartkov e seu *alter ego* moralmente vergonhoso. Assim como era possível ser Galileu e seu colega cientista.

*

No tempo do czar Nicolau I, um hussardo tinha raptado a filha de um general. Pior – ou melhor –, havia se casado com ela. O general se queixara ao czar. Nicolau resolveu o problema decretando, primeiro, que o casamento era nulo e inválido; e, depois, que a virgindade da moça estava oficialmente restaurada. Tudo era possível na terra dos elefantes. Mas, mesmo assim, ele não achava que houvesse um governante, ou um milagre, capaz de restaurar sua virgindade.

Tragédias, quando vistas em retrospecto, parecem farsas. Sempre dissera isso, sempre acreditara nessa ideia. Seu caso não era diferente. Às vezes tivera a impressão de que sua vida, como a de muitas outras pessoas, como a vida do seu país, era uma tragédia; uma tragédia cujo protagonista só podia resolver o dilema insolúvel pelo suicídio. Só que ele não tinha feito isso. Não, não era shakespeariano. E agora que já vivera demais, estava até começando a ver a vida como uma farsa.

Quanto a Shakespeare: ele se perguntou, olhando para trás, se não fora injusto. Havia julgado que o inglês era sentimental porque seus tiranos se envergonhavam, tinham pesadelos, sentiam remorso. Agora que vira mais da vida, e que tinha sido ensurdecido pelo ruído do tempo, achava possível que Shakespeare tivesse razão, que houvesse dito a verdade: mas só em relação à época dele. Em tempos mais antigos, quando magia e religião eram predominantes, era plausível que os monstros tivessem consciência. Agora, não. O mundo tinha avançado, tinha se tornado mais científico, mais prático, menos dominado pelas velhas superstições. E os tiranos também avançaram. Talvez a consciência não tivesse mais uma função evolutiva e, então, houvesse sido exterminada. Se alguém penetrasse por baixo da pele do tirano moderno, camada por camada, veria que a textura não muda, que granito contém mais granito; e que não há caverna em que se esconda uma consciência a ser descoberta.

Dois anos depois de entrar para o Partido, ele tornou a se casar: Irina Antonovna. O pai dela tinha sido uma vítima do Culto à Personalidade; ela própria fora criada num orfanato para filhos de inimigos do Estado; agora trabalhava com divulgação de música. Havia alguns pequenos entraves: tinha vinte e sete anos, era só dois anos mais velha do que Galya, e já fora casada com outro homem mais velho. E é claro que este terceiro casamento foi tão impulsivo e secreto quanto os outros dois. Mas era uma novidade ter uma esposa que amava tanto a música quanto a vida doméstica e que era tão prática e eficiente quanto adorável. Ele se tornou timida e ternamente afeiçoado à esposa.

Tinham prometido deixá-lo em paz. Mas nunca o deixaram em paz. O Poder continuou falando com ele, mas não era mais uma conversa e sim algo apenas unilateral e ofensivamente cotidiano: uma lisonja, uma adulação, uma reclamação. Atualmente, uma batida à porta tarde da noite não significava a chegada da NKVD ou da KGB ou do MVD, mas do mensageiro que trazia um artigo que sairia no *Pravda* da manhã seguinte. Um artigo que ele não tinha escrito, claro, mas que devia assinar. Ele nem olhava; simplesmente deixava as iniciais do nome. E o mesmo acontecia com os artigos mais eruditos que apareciam com seu nome no *Sovetskaya Muzyka*.
– Mas como vai ser quando publicarem uma coletânea dos seus artigos, Dmitri Dmitrievich?
– Vai ser que eles não valem a pena.
– Mas as pessoas comuns vão ser enganadas.
– Considerando a escala em que as pessoas comuns já foram enganadas, eu diria que um artigo sobre música supostamente,

mas não verdadeiramente, escrito por um compositor não faz grande diferença. Na minha opinião, ler e fazer correções seria ainda mais comprometedor.

Mas podia ser muito pior. Tinha assinado uma carta pública nojenta contra Soljenitsyn, embora o admirasse e relesse constantemente seus romances. Então, alguns anos depois, houve outra carta nojenta denunciando Sakharov. Sua assinatura apareceu ao lado das de Khachaturian, Kabalevski e, naturalmente, Khrennikov. Parte dele esperava que ninguém acreditasse – ninguém podia acreditar – que ele realmente concordava com o que estava escrito naquelas cartas. Mas as pessoas acreditaram. Amigos e músicos se recusaram a cumprimentá-lo, viraram as costas. Havia limites para a ironia: não adiantava assinar cartas enquanto segurava o nariz ou cruzava os dedos nas costas, acreditando que os outros iriam adivinhar que não concordava com aquilo. E então ele tinha traído Tchekhov e assinara denúncias. Havia traído a si mesmo e a boa opinião que outros ainda tinham dele. Vivera tempo demais.

Também aprendera sobre a destruição da alma humana. Bem, a vida não é um passeio no campo, como diz o ditado. Uma alma podia ser destruída de três maneiras: pelo que os outros faziam; pelo que os outros obrigavam alguém a fazer; e pelo que alguém escolhia voluntariamente fazer. Qualquer um desses métodos era suficiente; embora o resultado fosse irresistível quando todos os três eram combinados.

Organizara sua vida em ciclos de doze anos de azar. 1936, 1948, 1960... Mais doze anos levavam a 1972, inevitavelmente outro ano bissexto, e portanto um ano em que esperava morrer. Sem dúvida tinha feito o possível para isso. Sua saúde, sempre ruim, havia piorado ao ponto de ele não ser mais capaz de subir escadas. Fora proibido de beber e fumar, proibições que por si sós sem dúvida eram suficientes para matar um homem. E o Poder vegetariano tentava ajudar, mandando-o de um canto ao outro do país, para comparecer a esta première, receber aquela homenagem. Terminou o ano no hospital, com cálculos renais, fazendo, ainda, radioterapia para um cisto no pulmão. Era um inválido estoico; o que o incomodava não era tanto o próprio estado e sim a reação das pessoas quando o viam. A piedade o deixava tão constrangido quanto o elogio.

Entretanto, parecia ter entendido mal: o azar que 1972 destinava não era morrer e sim continuar a viver. Tinha feito o possível, mas a vida ainda não o destruíra. A vida era o gato que arrastava o papagaio, pelo rabo, escada abaixo; sua cabeça ia batendo em cada degrau.

Quando estes tempos terminarem... se um dia acabarem, pelo menos depois de 200.000.000.000 de anos. Karl Marx e seus sucessores sempre denunciaram as contradições internas do capitalismo, que iriam, com certeza, logicamente, fazê-lo desmoronar. E no entanto o capitalismo ainda estava de pé. Qualquer um que tivesse olhos para ver seria capaz de perceber as contradições internas do comunismo; mas quem podia saber se seriam suficientes para destruí-lo? Ele só podia ter certeza de que, quando – e se – esses tempos terminassem, as pessoas iriam querer uma versão simplificada do que havia acontecido. Bem, tinham direito a isso.

Um para ouvir, um para lembrar, um para beber – era o ditado. Duvidava que conseguiria parar de beber, apesar das recomendações médicas; não conseguia parar de ouvir; e, o pior de tudo, não conseguia parar de lembrar. Queria ser capaz de desativar a memória apenas com a força de vontade, deixá-la como um carro em ponto morto. Era o que os motoristas costumavam fazer quando estavam no topo de uma ladeira ou quando alcançavam a velocidade máxima: faziam-no para economizar combustível. Mas jamais conseguiria fazer isso com a própria memória. O cérebro insistia teimosamente em dar espaço a erros, a humilhações, à vergonha, a escolhas equivocadas. Gostaria de lembrar apenas as coisas que escolhesse: música, Tanya, Nina, os pais, os amigos verdadeiros e de confiança, Galya brincando com os porquinhos, Maxim imitando um policial búlgaro, um lugar bonito, risadas, alegria, o amor da jovem esposa. Todas essas coisas eram logo sobrepostas e se entrelaçavam com tudo o que não desejava lembrar. E essa ausência de pureza, essa corrupção da memória o atormentava.

Na velhice, seus tiques e maneirismos se intensificaram. Podia ficar calmamente sentado ao lado de Irina; mas se o colocassem num palanque, numa função oficial, mesmo se fosse entre pessoas que gostavam dele, mal conseguia ficar parado. Coçava a cabeça, segurava o queixo, apertava a pele da bochecha com os dedos; se mexia, inquieto, como um homem que esperava ser preso e levado embora. Quando ouvia a própria música, às vezes cobria a boca com as mãos, como se para dizer: Não confiem no que sai da minha boca, apenas no que entra em seus ouvidos. Ou se via beliscando o torso com a ponta dos dedos: como que para verificar se estava sonhando; ou como se coçasse súbitas picadas de mosquito.

O pai, de cujo nome ele havia obedientemente recebido, estava sempre em seus pensamentos. Aquele homem gentil e bem-humorado, que acordava todo dia com um sorriso no rosto: tinha sido "um Shostakovich otimista" se é que isso era possível. A imagem que ficaria na memória do filho era a de Dmitri Boleslavovich com um jogo na mão e uma canção na garganta; espiando, pelo pincenê, um baralho de cartas ou um quebra-cabeça; fumando o cachimbo; vendo os filhos crescerem. Um homem que não viveu o suficiente para desapontar ninguém ou para a vida desapontá-lo.

"Os crisântemos do jardim já murcharam há muito tempo...", e então – como era mesmo o resto? –, sim, "Mas o amor ainda permanece no meu coração doente." O filho sorriu, mas não como o pai costumava sorrir. Tinha um diferente tipo de coração doente e já sofrera dois ataques. Um terceiro estava a caminho, porque ele sabia reconhecer o sinal de alerta: quando beber vodca não lhe dava nenhum prazer.

O pai tinha morrido um ano antes de ele conhecer Tanya: era isso mesmo, não era? Tatyana Glivenko, seu primeiro amor, que dissera que o amava porque ele era puro. Tinham mantido contato, e mais tarde ela passou a dizer que se ao menos tivessem se conhecido algumas semanas antes, no sanatório, o curso de suas vidas poderia ter sido diferente. O amor estaria tão firmemente plantado na hora em que se separassem que nada o teria erradicado. Este era o destino, mas o haviam perdido, foram privados dele por uma mera questão de calendário. Talvez. Ele sabia como as pessoas gostavam de ver dramas no passado e de refletir obsessivamente sobre as escolhas e as decisões que na época tinham feito sem pensar. Também sabia que o Destino se resumia às palavras *E então*.

Ainda assim, tinham sido o primeiro amor um do outro, e ele continuava a pensar que aquelas semanas em Anapa foram como um idílio. Mesmo que um idílio só se torne um depois de terminado. Um elevador havia sido instalado na dacha em Jukova, para levá-lo do hall diretamente para o quarto. Entretanto, em se tratando da União Soviética, as normas estipulavam que um elevador, mesmo numa residência particular, só podia ser operado por um atendente qualificado. E o que foi que Irina Antonovna, que cuidava dele tão bem, fez? Se matriculou em uma escola e estudou até receber o certificado de conclusão do curso. Quem iria pensar que seu destino seria se casar com uma atendente de elevador qualificada?

Não se tratava de uma comparação entre Tanya e Irina, entre primeira e última; essa não era a questão. Era devotado a Irina. Ela tornava tudo mais tolerável e agradável para ele. Era só que suas possibilidades de vida estavam agora muito reduzidas. Enquanto que, no Cáucaso, eram ilimitadas. Mas isto era simplesmente o que o tempo fazia com as pessoas.

Antes da viagem a Anapa, tinha havido aquela apresentação da Primeira Sinfonia nos jardins públicos em Kharkov. Foi, segundo qualquer ponto de vista, um desastre. As cordas pareciam fracas; o piano não pôde ser ouvido; os tímpanos abafaram tudo; o primeiro fagote era vergonhosamente ruim, e o regente complacente; no início, toda a população de cães da cidade tinha feito coro com os instrumentos, e a plateia quase morreu de rir. E, no entanto, o espetáculo foi considerado um grande sucesso. A plateia ignorante aplaudiu alto e longamente; o regente complacente aceitou os aplausos; a orquestra manteve a ilusão de competência; enquanto o compositor foi chamado diversas vezes ao palco para agradecer. É verdade, estava muito aborrecido; é também verdade que era jovem o suficiente para apreciar a ironia.

"Um policial búlgaro amarra os cadarços das botas!", Maxim dizia para os amigos do pai. O menino sempre gostara de piadas e brincadeiras, catapultas e espingardas de ar comprimido; e ao longo dos anos tinha aperfeiçoado essa cena cômica à perfeição. Ele aparecia com os cadarços desamarrados, carregando, com a testa franzida, uma cadeira que colocava no meio da sala, deslocando-a lentamente até encontrar a melhor posição. Em seguida, com um ar pomposo, e usando as mãos, levantava o pé direito e o apoiava na cadeira. Olhava em volta, muito satisfeito com esse simples triunfo. Então, com uma manobra desajeitada que os espectadores talvez não entendessem num primeiro momento, se inclinava, ignorando o pé na cadeira, e amarrava os cadarços do outro pé, o que estava plantado no chão. Imensamente satisfeito com o resultado, trocava as pernas, erguendo o pé esquerdo e apoiando-o na cadeira antes de se inclinar para amarrar os cadarços do pé direito. Quando terminava, e enquanto a plateia ria às gargalhadas, ficava em pé bem ereto, quase em posição de sentido, examinava as duas botas com os cadarços amarrados, balançava a cabeça e, com um ar cansado, carregava a cadeira de volta para o lugar.

Imaginava que as pessoas achavam tanta graça não apenas por Maxim ser um comediante natural, não apenas por gostarem de piadas búlgaras, mas por outro motivo mais profundo: porque o pequeno esquete era extremamente sugestivo. Manobras supercomplicadas para alcançar o mais simples dos objetivos; estupidez; autossatisfação; descaso pela opinião alheia; repetição dos mesmos erros. Será que isto, ampliado por milhões e milhões de vidas, não refletia como as coisas tinham sido sob o sol da Constituição de Stálin: uma vasta coleção de pequenas farsas resultando em uma imensa tragédia?

Ou, para usar uma imagem diferente, uma cena de sua infância: aquela casa de verão em Irinovka, naquela propriedade com o solo rico em turfa. A casa de um sonho ou um pesadelo, com amplos cômodos e pequenas janelas que faziam os adultos rirem e as crianças tremerem de medo. E agora ele entendia que o país onde vivera por tanto tempo também era assim. Era como se, ao elaborar os projetos para a Rússia Soviética, os arquitetos tivessem sido cuidadosos, meticulosos e bem-intencionados, mas tivessem falhado em algo fundamental: tinham trocado metros por centímetros e, às vezes, feito o contrário. Assim, o resultado era que a Casa do Comunismo fora construída com as proporções todas erradas e era deficiente em termos de escala humana. Provocava sonhos, pesadelos e deixava todo mundo – tanto adultos quanto crianças – com medo.

Aquela expressão, tão repetidamente usada pelos burocratas e musicólogos que haviam examinado a Quinta Sinfonia, seria melhor aplicada à própria Revolução e à Rússia que havia resultado dela: era uma tragédia otimista.

Assim como não conseguia controlar as lembranças, não podia evitar as constantes e vãs indagações da mente. As últimas perguntas da vida de um homem não vêm com respostas; essa é a sua natureza. Simplesmente gemem na cabeça, apitos de fábrica em fá sustenido.

Então: o seu talento jaz debaixo de você como uma camada de turfa. Quanto você cortou? Quanto permanece intocado? Poucos artistas cortam apenas as melhores partes; às vezes, nem sequer as reconhecem. E no seu caso, trinta e tantos anos atrás, tinham erguido uma cerca de arame farpado com uma placa de advertência: NÃO ULTRAPASSE ESTE PONTO. Quem sabia o que havia – o que poderia ter havido – do outro lado?

Uma pergunta relacionada: quanta música ruim um bom compositor pode compor? Um dia, achou que soubesse a resposta; agora, não fazia ideia. Havia escrito muita música ruim para um monte de filmes muito ruins. Embora fosse possível dizer que a má qualidade da música tornava aqueles filmes ainda piores e, desta forma, tenha prestado um serviço à verdade e à arte. Ou isso era apenas um sofisma?

O gemido final em sua cabeça se referia à vida, bem como à arte. Era o seguinte: em que momento o pessimismo se transforma em desolação? Suas últimas músicas de câmara expressavam essa pergunta. Ele disse ao violinista Fyodor Drujinin que o primeiro movimento do Décimo Quinto Quarteto devia ser tocado "de modo que as moscas caiam mortas em pleno voo e a plateia comece a abandonar a sala por puro tédio".

Durante a vida toda, tinha se apoiado na ironia. Imaginava que esse traço tivesse surgido no lugar habitual: no espaço entre como imaginamos, ou supomos, ou esperamos que seja a vida e o modo como ela realmente acontece. Então a ironia se tornara uma defesa do eu e da alma; permitira que ele respirasse dia após dia. Poderia escrever, em uma carta, que alguém era "uma pessoa maravilhosa", e quem a recebesse saberia que deveria entender o contrário. A ironia lhe permitira imitar o jargão do Poder, ler discursos sem sentido escritos em seu nome, lamentar gravemente a ausência do retrato de Stálin no escritório enquanto, atrás da porta entreaberta, sua esposa segurava uma gargalhada proibida. Acolhera a indicação de um novo ministro da Cultura e comentara que haveria uma grande alegria nos círculos musicais progressistas, que sempre depositaram grandes esperanças nele. Na Quinta Sinfonia, pensara num último movimento que era o mesmo que pintar um riso de palhaço num cadáver e, depois, escutara, com um ar sério, a resposta do Poder: "Olhe, você pode ver que ele morreu contente, certo do justo e inevitável triunfo da Revolução." E uma parte sua acreditara que, enquanto pudesse se apoiar na ironia, conseguiria sobreviver.

Por exemplo, no ano em que entrara para o Partido, tinha escrito o Oitavo Quarteto. Disse aos amigos que em sua mente a obra era dedicada "à memória do compositor." O que claramente seria considerado, pelas autoridades musicais, algo inaceitavelmente egoísta e pessimista. Então a dedicatória na partitura publicada dizia: "Para as vítimas do fascismo e da guerra." Isto sem dúvida seria visto como um grande progresso. Mas o que ele tinha feito, na verdade, era transformar um singular num plural.

Entretanto, ele não tinha mais tanta certeza. Podia haver certa afetação na ironia, assim como podia haver certa complacência no protesto. Em uma fazenda, um menino atira um resto de maçã num carro que passa, com um chofer no banco da frente. Um mendigo bêbado abaixa a calça e mostra o traseiro para pessoas respeitáveis. Um famoso compositor soviético insere uma ironia sutil numa sinfonia ou num quarteto de cordas. Havia alguma diferença no motivo ou no efeito?

A ironia, ele tinha percebido, era tão vulnerável aos acidentes da vida e do tempo quanto qualquer outro sentido. Acordava numa manhã e não tinha mais certeza se ainda sabia ser irônico; e mesmo que tivesse, não sabia se isso tinha alguma importância, se alguém notava. Imaginava que estava lançando um raio de luz ultravioleta, mas e se não fosse notado por estar fora do espectro conhecido por todas as outras pessoas? Tinha inserido, no seu primeiro concerto para violoncelo, uma referência a "Suliko", a canção favorita de Stálin. Mas, ao tocar a obra, Rostropovich não notara. Se a alusão tinha que ser apontada para Slava, quem mais no mundo a perceberia?

E a ironia tinha seus limites. Por exemplo, um torturador ou uma vítima de tortura não podiam ser irônicos. Da mesma forma, não era possível usar a ironia para entrar no Partido. As únicas possibilidades eram entrar honestamente ou cinicamente. E, para uma pessoa de fora, talvez não importasse, porque ambas poderiam ser desprezíveis. Seu eu mais jovem, parado na beira da calçada, veria no banco de trás daquele carro um girassol velho e murcho, incapaz de se virar na direção do sol da Constituição de Stálin, mas ainda heliotrópico, ainda atraído para a fonte de luz do Poder.

*

Se desse as costas para a ironia, ela se transformava em sarcasmo. E de que adiantaria, então? O sarcasmo era a ironia que havia perdido a alma.

Debaixo do vidro da escrivaninha na dacha em Jukhova havia uma enorme fotografia de Mussorgski com um ar ursino e reprovador: ela o incitava a jogar fora trabalhos medíocres. Debaixo do vidro da escrivaninha do apartamento em Moscou havia uma enorme fotografia de Stravinski, o maior compositor do século: ela o incitava a compor a melhor música que pudesse. E sempre, na mesinha de cabeceira, havia aquele cartão-postal trazido de Dresden: de *O dinheiro do tributo*, de Ticiano.

Para tentar enganar Jesus, os fariseus tinham perguntado se os judeus deviam pagar impostos a César. O Poder, no decorrer da história, sempre tentou enganar e subverter aqueles que representavam ameaças. Ele próprio tentara não cair nesses truques, mas não era Jesus Cristo; era apenas Dmitri Dmitrievich Shostakovich. E embora Jesus tenha dado uma resposta ambígua ao fariseu que mostrava a imagem dourada de César – pois não especificara o que exatamente pertencia a Deus e o que pertencia a César –, ele não poderia repetir a frase "dê à arte o que é da arte"? Esse era o credo da arte pela arte, do formalismo, do pessimismo egocêntrico, do revisionismo e de todos os outros "ismos" atirados sobre ele ao longo dos anos. E a resposta do Poder seria sempre a mesma: "Repita comigo", diria: "A ARTE PERTENCE AO POVO – V. I. LÊNIN. A ARTE PERTENCE AO POVO – V. I. LÊNIN."

Então, ele ia morrer em breve, provavelmente ao longo do ano bissexto seguinte. E então, um por um, todos iriam morrer: seus amigos e inimigos; aqueles que entendiam as complexidades da vida sob a tirania e aqueles que teriam preferido que ele fosse um mártir; aqueles que conheciam e amavam seu trabalho e uns poucos homens idosos que ainda assobiavam "A canção do contraplano" sem saber quem a havia escrito. Todos iriam morrer – exceto, talvez, Khrennikov.

Durante os últimos anos, usara cada vez mais a marcação *morendo* nos quartetos de cordas: "morrendo", "como se estivesse morrendo". Foi como havia marcado sua vida, também. Bem, poucas vidas terminavam *fortissimo* e em tom maior. E ninguém morria na hora certa. Mussorgski, Pushkin, Lermontov – todos tinham morrido cedo demais. Tchaikovski, Rossini, Gogol – todos deviam ter morrido mais cedo; talvez Beethoven também. Esse era, é claro, não apenas um problema de famosos compositores e escritores, mas de pessoas comuns também: o problema de continuar vivo depois que a melhor parte acabasse, além daquele ponto em que a vida não traz mais alegrias, mas, pelo contrário, apenas decepções e acontecimentos terríveis.

Portanto, tinha vivido o suficiente para se decepcionar consigo mesmo. Isto era muito frequente com os artistas: ou sucumbiam à vaidade, achando-se melhores do que eram realmente, ou então à decepção. Atualmente, tendia a se achar um compositor chato, medíocre. A insegurança dos jovens não é nada comparada à insegurança dos velhos. E esta, talvez, fosse a maior vitória deles. Em vez de matá-lo, tinham permitido que vivesse, e ao permitir que vivesse, o tinham matado. Essa era a ironia final, irrefutável, da sua vida: o fato de que, permitindo que ele vivesse, o tivessem matado.

E além da morte? Ele teve vontade de erguer silenciosamente um copo e fazer o brinde: "Esperando que não fique melhor do que está!" Se a morte viesse como um alívio da vida, ele não esperava que as coisas ficassem menos complicadas. Pensava no que tinha acontecido com o pobre Prokofiev. Cinco anos após a sua morte, quando havia placas de homenagens póstumas instaladas por toda a Moscou, sua primeira mulher instruía advogados a anular o segundo casamento do compositor. E com que argumento! O argumento de que desde que voltara à Rússia, em 1936, Sergei Sergeyevich era impotente. Portanto, o segundo casamento não poderia ter sido consumado; logo, ela, a primeira esposa, era a única esposa legal, e a única herdeira legal. Pedira até um atestado do médico que tinha examinado Sergei Sergeyevich duas décadas antes, para provar de forma irrefutável a incapacidade.

Mas foi isso que aconteceu. Eles vinham e se enfiavam nos lençóis. Ei, Shosti, você prefere louras ou morenas? Procuravam qualquer fraqueza, qualquer sujeira que pudessem encontrar. E sempre achavam alguma coisa. Os fofoqueiros e mentirosos tinham versões próprias do formalismo, conforme definido por Sergei Sergeyevich Prokofiev: qualquer coisa que não conseguimos entender da primeira vez que ouvimos é provavelmente imoral e repulsiva – essa era a postura deles. E eles fariam com a sua vida o que desejassem.

Quanto à música: ele não tinha a ilusão de que o tempo iria separar o bom do ruim. Não via por que as pessoas na posteridade poderiam ser mais capazes de avaliar a qualidade das músicas do que aquelas para quem a música fora escrita. Era desiludido demais para isso. A posteridade iria ratificar o que aprovasse. Ele sabia muito bem como a reputação dos compositores flutuava; como alguns eram erradamente esquecidos e outros misteriosamente se tornavam imortais. Seu desejo modesto para o futuro era que "Os crisântemos do jardim já murcharam há muito tempo" continuasse a fazer os homens chorarem, por pior que fosse o alto-falante da vitrola que tocava a canção em um café ordinário; enquanto, mais adiante, uma plateia pudesse se comover silenciosamente com um dos seus quartetos de cordas; e que talvez, num dia não muito longínquo, as duas plateias pudessem se misturar.

*

Ele tinha instruído a família a não se preocupar com sua "imortalidade". Suas composições deviam ser tocadas por mérito e não por causa de alguma campanha póstuma. Entre os muitos requerentes que o perseguiam, atualmente estava a viúva de um conhecido compositor. "Meu marido morreu e não tenho ninguém" – era o seu constante refrão. Sempre dizia que ele só precisava "pegar o telefone" e mandar esta ou aquela pessoa tocar a música do falecido marido. Ele havia feito isso muitas vezes, a princípio por pena e educação, depois apenas para se livrar da mulher. Mas nunca era suficiente. "Meu marido está morto e não tenho ninguém." Então ele tornava a pegar no telefone.

Mas um dia as palavras familiares provocaram mais do que a irritação de sempre. Então ele respondera, em tom solene:

– Sim... Sim... E Johann Sebastian Bach teve vinte filhos e *todos* eles promoveram sua música.

– Exatamente – a viúva concordou. – E é por isso que a música dele ainda é tocada hoje!

O que ele esperava era que a morte libertasse a sua música: libertasse da sua vida. O tempo ia passar, e embora os musicólogos fossem continuar com seus debates, a obra ia começar a se sustentar por si mesma. A história, assim como a biografia, iria desbotar: talvez um dia o fascismo e o comunismo viessem a ser apenas palavras em livros didáticos. E então, se ainda tivesse valor – se ainda houvesse ouvidos para ouvir –, a música seria... apenas música. Isso era tudo o que um compositor podia desejar. A quem pertence a música?, tinha perguntado àquela aluna trêmula, e embora a resposta estivesse escrita, em letras maiúsculas, numa faixa atrás da cabeça de seu arguidor, a moça não soube responder. Não saber a resposta era a resposta certa. Porque a música, em última instância, pertencia à música. Isso era tudo o que ele podia dizer ou desejar.

*

O mendigo já devia estar morto havia muito tempo, e Dmitri Dmitrievitch tinha esquecido quase que imediatamente o que dissera. Mas aquele cujo nome se perdeu para a história se lembrava. Foi ele quem compreendeu. Estavam no meio da Rússia, no meio de uma guerra, no meio de todo tipo de sofrimento provocado por aquela guerra. Havia uma comprida plataforma de trem, na qual o sol tinha acabado de surgir. Um homem, meio homem, na verdade, impulsionava um carrinho, ao qual estava preso por uma corda amarrada à cintura de sua calça. Os dois passageiros tinham uma garrafa de vodca. Desceram do trem. O mendigo parou de cantar a canção indecente. Dmitri Dmitrievich segurava a garrafa; ele, os copos. Dmitri Dmitrievich despejou a vodca em cada um dos copos; quando fez isso, um bracelete de alho apareceu. Não era nenhum barman, e o nível da vodca em cada copo variava um pouco. O mendigo só viu o que saiu da garrafa; enquanto ele pensava em como Mitya estava sempre ansioso para ajudar os outros, embora fosse incapaz de ajudar a si mesmo. Mas Dmitri Dmitrievich estava ouvindo e prestando atenção como sempre. Então, quando os três copos com os diferentes níveis de bebida se juntaram num brinde, ele tinha sorrido, inclinado a cabeça de lado, de tal modo que o sol refletiu brevemente em seus óculos, e murmurado:

– Uma tríade.

E foi isso o que ele que se lembrou tinha recordado. Guerra, medo, pobreza, tifo e sujeira, e, entretanto, no meio de tudo isso, acima e abaixo e por entre tudo isso, Dmitri Dmitrievich tinha ouvido uma tríade perfeita. A guerra iria terminar, sem dúvida – a não ser que nunca acabasse. O medo ia continuar, e a morte indesejada, e a pobreza e a sujeira – talvez continuassem para sempre, quem poderia saber? E, no entanto, uma tríade fora criada por copos de vodca não muito limpos, e o conteúdo formara um som que se destacara do ruído do tempo e que sobreviveria a tudo e a todos. E, talvez, finalmente, fosse isso o que importava.

Nota do autor

Shostakovich morreu no dia 9 de agosto de 1975, cinco meses antes do início de um ano bissexto.

Nicolas Nabokov, seu torturador no Congresso da Paz em Nova York, realmente recebeu financiamento da CIA. O distanciamento de Stravinski do congresso não foi apenas "ético e estético", como o telegrama dizia, mas também político. Como escreveu o biógrafo Stephen Walsh: "Como todos os russos brancos na América pós-guerra, Stravinski... com certeza não iria colocar em risco o status, duramente conseguido, de americano leal, dando a mais leve impressão de apoio a um exercício de propaganda pró-comunista."

Tikhon Khrennikov não se mostrou imortal, como temia (ficcionalmente) Shostakovich; mas fez quase isso, dirigindo a União dos Compositores Soviéticos desde a sua reorganização em 1948 até o colapso, junto com o resto da União Soviética, em 1991. Quarenta e oito anos depois de 1948, ele ainda dava entrevistas astutamente amenas, afirmando que Shostakovich era um homem alegre que não tinha nada a temer. (O compositor Vladimir Rubin comentou: "O lobo não pode falar do medo do cordeiro.") Khrennikov nunca desapareceu de vista, nem perdeu o amor pelo Poder: em 2003, foi condecorado por Vladimir Putin. Finalmente morreu em 2007, aos noventa e quatro anos de idade.

Shostakovich foi um múltiplo narrador da própria vida. Algumas histórias têm muitas versões, modificadas e "melhoradas" ao longo dos anos. Outras – por exemplo, a que aconteceu na Grande Casa em Leningrado – existem apenas em uma única versão, contada muitos anos após a morte do compositor, por uma única fonte. Mais amplamente, a verdade era algo difícil de achar, ainda mais de manter, na Rússia de Stálin. Até os nomes mudam: assim, o interrogador de Shostakovich na Grande Casa é citado como Zanchevski, Zakrevski e Zakovski. Tudo isso é altamente frustrante para qualquer biógrafo, mas muito bem-vindo para qualquer romancista.

A bibliografia sobre Shostakovich é considerável, e musicólogos irão reconhecer minhas duas fontes principais: o livro exemplar, multifacetado, de Elizabeth Wilson, *Shostakovich: A Life Remembered* (1994; edição revista, 2006), e *Testimony: The Memoirs of Shostakovich*, conforme relato feito a Solomon Volkov (1979). Quando foi publicado, o livro de Volkov provocou comoção tanto no Oriente quanto no Ocidente, e as chamadas "Guerras de Shostakovich" se arrastaram por décadas. Eu o tratei como um diário pessoal: como algo que parecia fornecer toda a verdade, mas de forma geral escrito na mesma hora do dia, no mesmo estado de ânimo, com os mesmos preconceitos e esquecimentos. Outras fontes úteis foram o livro de Isaak Glikman, *Story of a Friendship* (2001), e as entrevistas que Michael Ardov fez com os filhos do compositor, publicadas como *Memories of Shostakovich* (2004).

Entre as pessoas que me ajudaram neste livro, Elizabeth Wilson foi de fundamental importância. Ela me forneceu materiais que de outra forma eu jamais teria encontrado, corrigiu muitos equívocos e leu o manuscrito. Mas este é o meu livro, não o dela; e se você não gostou do meu, então leia o dela.

J. B.
Maio de 2015

Impressão e Acabamento:
EDITORA JPA LTDA.